Gabriel García Márquez:
Bericht eines Schiffbrüchigen,

der zehn Tage lang, ohne zu essen und zu trinken, auf einem Floß trieb, der zum Helden des Vaterlandes ausgerufen, von Schönheitsköniginnen geküßt, durch Werbung reich, gleich darauf durch die Regierung verwünscht und dann für immer vergessen wurde.

Deutsch von Christiane und Curt Meyer-Clason

Deutscher
Taschenbuch
Verlag

dtv

Von Gabriel García Márquez
sind im Deutschen Taschenbuch Verlag erschienen:
Das Leichenbegängnis der Großen Mama (1237)
Laubsturm (1432; auch als dtv großdruck 2557)
Der Herbst des Patriarchen (1537)
Der Oberst hat niemand, der ihm schreibt (1601)
Die böse Stunde (1717)
Augen eines blauen Hundes (10154)
Hundert Jahre Einsamkeit (10249)
Die Geiselnahme (10295)

Ungekürzte Ausgabe
Februar 1985
Deutscher Taschenbuch Verlag GmbH & Co. KG,
München
Lizenzausgabe mit freundlicher Genehmigung des
Verlags Kiepenheuer & Witsch, Köln

Titel der spanischen Originalausgabe:
›Relato de un náufrago‹

ISBN 3-462-01536-2
Umschlaggestaltung: Celestino Piatti
Gesamtherstellung: C. H. Beck'sche Buchdruckerei,
Nördlingen
Printed in Germany · ISBN 3-423-10376-0

Das Buch

Zehn Tage Hunger und Durst auf einem Floß in der Karibik, tagsüber von einer gnadenlosen Sonne versengt, nachts der unendlichen Dunkelheit ausgesetzt, ständig in Angst vor den Haien. Überlebt hat diese unglaublichen Strapazen ein junger Mann, der zusammen mit sieben anderen von Bord eines kolumbianischen Schiffes gespült worden war. Die Besatzung hatte ihn längst verloren gegeben. Als man ihn schließlich auffand, machten ihn die Leute zum Helden. Eine wahre Geschichte, über die Gabriel García Márquez, damals Journalist in Bogotá, eine glänzende Reportage schrieb. Und mit der er einen für die Regierung äußerst peinlichen Skandal aufdeckte, der sein weiteres Leben nachhaltig beeinflußte. Entgegen den offiziellen Verlautbarungen war es nämlich kein gewöhnliches Schiff, sondern ein Zerstörer der Kriegsmarine gewesen, bis oben hin mit Schmuggelgut beladen und deshalb toplastig. García Márquez mußte wegen dieses »Verstoßes gegen die Pressefreiheit« das Land verlassen, die Zeitung, für die er arbeitete, wurde geschlossen, er selbst kehrte erst viele Jahre später wieder nach Kolumbien zurück.

Der Autor

Gabriel García Márquez, am 6. März 1928 in Aracataca (Kolumbien) geboren, schrieb zunächst Filmdrehbücher, dann Erzählungen, Romane und Reportagen. 1982 erhielt er den Nobelpreis für Literatur. Einige Werke: ›Laubsturm‹ (1955), ›Der Oberst hat niemand, der ihm schreibt‹ (1961), ›Hundert Jahre Einsamkeit‹ (1970), ›Die böse Stunde‹ (1974), ›Der Herbst des Patriarchen‹ (1977), ›Chronik eines angekündigten Todes‹ (1981), ›Die Geiselnahme‹ (1982).

Inhalt

Die Geschichte dieser Geschichte 7
1. Kapitel: So waren meine Kameraden, die der See zum Opfer fielen 13
2. Kapitel: Meine letzten Minuten an Bord des »Wolfsbootes« 20
3. Kapitel: Ich sehe, wie vier meiner Kameraden ertrinken 28
4. Kapitel: Meine erste Nacht allein in der Karibik 35
5. Kapitel: An Bord des Floßes hatte ich einen Gefährten 45
6. Kapitel: Ein Rettungsboot und eine Kannibaleninsel 54
7. Kapitel: Die verzweifelten Listen eines Ausgehungerten 63
8. Kapitel: Mein Kampf mit den Haien um einen Fisch 70
9. Kapitel: Die Farbe des Wassers beginnt sich zu verändern 78
10. Kapitel: Verloren die Hoffnung ... bis in den Tod 86
11. Kapitel: Am zehnten Tag neue Halluzination: Land 94
12. Kapitel: Eine Auferstehung auf fremdem Land 102
13. Kapitel: Sechshundert Menschen geleiten mich nach San Juan 110
14. Kapitel: Mein Heldentum bestand darin, nicht zu sterben 117

Die Geschichte dieser Geschichte

Am 28. Februar 1955 wurde die Nachricht bekanntgegeben, daß acht Besatzungsmitglieder des Zerstörers »Caldas« der Kolumbianischen Kriegsmarine infolge eines Sturms im Karibischen Meer über Bord gegangen seien. Das Schiff war von Mobile, USA, wo es repariert worden war, zum kolumbianischen Hafen Cartagena unterwegs, in den es ohne Verspätung zwei Stunden nach der Tragödie einlief. Unverzüglich begann zusammen mit den nordamerikanischen Streitkräften vom Panamakanal, die mit der Militärkontrolle und anderen wohltätigen Werken im Süden der Karibik betraut sind, die Suche nach den Schiffbrüchigen. Nach vier Tagen wurde die Suche aufgegeben, und die vermißten Seeleute wurden offiziell für tot erklärt. Eine Woche später jedoch tauchte einer von ihnen sterbenskrank an einem verlassenen Strand Nordkolumbiens auf, nachdem er zehn Tage lang, ohne zu essen und zu trinken, auf einem Floß getrieben war. Er hieß Luis Alejandro Velasco. Dieses Buch ist die journalistische Rekonstruktion dessen, was er mir erzählt hat, so wie es einen Monat nach dem Unglück von der Tageszeitung ›El Espectador‹ in Bogotá veröffentlicht wurde.

Was weder der Schiffbrüchige noch ich wußten, während wir versuchten, sein Abenteuer Minute für Minute zu rekonstruieren, war, daß diese erschöpfende Spurensuche uns in ein weiteres Abenteuer führen sollte, das einen gewissen Aufruhr im Land verursachte, ihn seinen Ruf und seine Laufbahn kostete und mich fast die Haut. Kolumbien lebte damals unter der folkloristischen Militärdiktatur von General Gustavo Rojas Pinilla; dessen zwei denkwürdigste Taten waren ein Studentengemetzel im Zentrum der Hauptstadt, als das Heer eine friedliche Kundgebung im Kugelregen zerschlug, und die Ermordung einer nie ermittelten Anzahl sonntäglicher Stierkampfliebhaber, welche die Tochter des Diktators in der Arena ausgepfiffen hatten, durch die Geheimpolizei. Die Presse wurde zensiert, und das tägliche Problem der Journalisten der Opposition bestand darin, Themen ohne politischen Zündstoff zur Unterhaltung der Leser zu finden. Bei ›El Espectador‹ waren die mit dieser ehrenwerten Kochkunst Beauftragten Guillermo Cano, der Chefredakteur, José Salgar, der Chef vom Dienst, und ich als Reporter. Keiner war älter als dreißig.

Als Luis Alejandro Velasco unaufgefordert daherkam, um uns zu fragen, was wir ihm für seine Geschichte zahlen würden, schätzten wir diese als das ein, was sie war: eine aufgewärmte Nachricht. Die Streitkräfte hatten ihn mehrere Wochen lang in einem Marinehospital interniert, er hatte nur mit den regimetreuen Journalisten und mit einem von der Opposition, der sich als Arzt verkleidet hatte, sprechen dürfen. Der Bericht war mehrmals stückweise von ihm erzählt, war manipuliert und pervertiert worden, und die Leser schienen einen Helden satt zu haben, der sich für die Reklame von Uhren verdingte, weil die seine im Sturm nicht nachgegangen war; der bei der Werbung für Schuhe auftrat, weil seine so haltbar gewesen waren, daß er sie nicht hatte zerreißen und daher nicht essen können, und in noch vielen anderen Werbeschweinereien. Er war dekoriert worden, er hatte vaterländische Rundfunkreden gehalten, er war als Vorbild künftiger Generationen im Fernsehen gezeigt und zwischen Blumengirlanden und Musikkapellen durch das halbe Land geschleift worden, um Autogramme zu geben und von Schönheitsköniginnen geküßt zu werden. Er hatte ein kleines Vermögen gescheffelt. Wenn er unaufgefordert zu uns kam, nachdem wir ihn lange genug gesucht hatten, war vorauszusehen, daß er nicht mehr viel zu erzählen hatte, daß er imstande sein würde, für Geld irgend etwas zu erfinden, und daß die Regierung ihm sehr genau die Grenzen seiner Erklärungen abgesteckt hatte. Wir schickten ihn dahin, wo er hergekommen war. Doch plötzlich rannte ihm Guillermo Cano, von einer Vorahnung getrieben, ins Treppenhaus nach, akzeptierte seinen Vorschlag und übergab ihn meiner Obhut. Es war, als hätte man mir eine Zeitbombe in die Hand gedrückt.

Meine erste Überraschung war, daß dieser stämmige Junge von etwa zwanzig Jahren, mit einem Gesicht, das eher zu einem Trompeter als zu einem Helden des Vaterlands paßte, ein außerordentliches Gespür für die Kunst des Erzählens hatte, die Fähigkeit zusammenzufassen und ein erstaunliches Gedächtnis besaß, dazu eine natürliche Würde, um über das eigene Heldentum zu lächeln. In zwanzig täglich sechsstündigen Sitzungen, bei denen ich Aufzeichnungen machte und verfängliche Fragen stellte, um ihn bei Widersprüchen zu ertappen, gelang es uns, den gestrafften und wahren Bericht über seine zehn Tage auf dem Meer zu rekonstruieren. Der Bericht wurde so genau und spannend, daß ich nur ein literarisches Problem hatte: ihn glaubhaft zu machen. Nicht nur deshalb, sondern auch, weil es uns richtig schien, kamen wir überein, ihn in der ersten Person zu schreiben und von Luis Alejandro Velasco unterzeichnen zu lassen. Tatsächlich erscheint mein Name hier zum ersten Mal in Verbindung mit diesem Text.

Die zweite Überraschung, die größere, widerfuhr mir am vierten Arbeitstag, als ich Luis Alejandro Velasco bat, mir den Sturm zu beschreiben, der das Unglück verursacht hatte. In dem Bewußtsein, daß seine Erklärung Gold wert war, erwiderte er mit einem Lächeln: »Es gab keinen Gewittersturm.« Und so war es:

der Wetterdienst bestätigte uns, daß jener Februar in der Karibik wieder einmal ruhig und klar gewesen war. Die bislang veröffentlichte Wahrheit war: von einer hohen Windwelle gepackt, holte das Schiff über, und die an Deck schlecht vertäute Ladung riß acht Seeleute mit sich über Bord. Diese Enthüllung deutete auf drei schwerwiegende Vergehen hin: erstens war es verboten, auf einem Zerstörer Fracht mitzuführen; zweitens war das Schiff wegen Toplastigkeit nicht manövrierfähig und konnte die Schiffbrüchigen nicht retten, und drittens handelte es sich um Schmuggelware: Eisschränke, Fernseher, Waschmaschinen. Es war klar, daß der Bericht, genau wie der Zerstörer, eine schlecht vertäute politische und moralische Fracht an Bord hatte, die wir nicht vorausgesehen hatten.

Die in Episoden aufgeteilte Geschichte wurde an vierzehn aufeinanderfolgenden Tagen veröffentlicht. Anfangs feierte selbst die Regierung die literarische Taufe ihres Helden. Bald darauf, als die Wahrheit ans Licht kam, wäre es ein übler politischer Streich gewesen, wenn die Weiterveröffentlichung der Reihe verhindert worden wäre: die Auflage der Zeitung hatte sich fast verdoppelt, und vor dem Gebäude rissen die Leser sich um alte Nummern, die sie kauften, um die vollständige Serie zu besitzen. Einer höchst eigenen Tradition der kolumbianischen Regierungen gemäß, begnügte sich die Diktatur damit, die Wahrheit mit Rhetorik auszubessern: in einem feierlichen Kommuniqué dementierte sie, daß der Zerstörer Schmuggelware an Bord gehabt hätte. Um unsere Anklagepunkte aufrechterhalten zu können, baten wir Luis Alejandro Velasco um eine Liste seiner Besatzungskameraden, die Photoapparate besaßen. Obwohl viele von ihnen an verschiedenen Orten des Landes ihren Urlaub verbrachten, gelang es uns, sie zu finden und die Photos zu kaufen, die sie während der Reise gemacht hatten.

Eine Woche nach Veröffentlichung des Berichts in Fortsetzungen erschien dieser vollständig in einer Sonderbeilage, illustriert mit den von den Matrosen gekauften Photos. Im Hintergrund der auf hoher See photographierten Freundesgruppen sah man ohne die geringste Möglichkeit eines Irrtums die Kisten mit Schmuggelware samt den Fabrikmarken. Die Diktatur parierte den Schlag mit einer Reihe drastischer Repressalien, die Monate später mit der Schließung der Zeitung ihren Höhepunkt erreichten.

Trotz des Drucks, der Drohungen und der äußerst verführerischen Bestechungsversuche dementierte Luis Alejandro Velasco nicht eine Zeile seines Berichts. Er mußte die Seefahrt aufgeben, den einzigen Beruf, den er erlernt hatte, und glitt ab in die Vergessenheit des Alltagslebens. Noch vor Ablauf von zwei Jahren stürzte die Diktatur, und Kolumbien verfiel der Gnade anderer, besser gekleideter, aber nicht gerechterer Regime, während ich in Paris mein leicht nostalgisches Wanderexil begann, das einem treibenden Floß ebenfalls sehr ähnlich ist. Niemand hatte wieder etwas von dem einsamen Schiffbrüchigen gehört, bis vor wenigen Monaten, als ein verirrter Journalist ihn hinter dem Schreibtisch im Büro einer Autobusfirma entdeckte. Ich habe sein Photo gesehen: er hat an Gewicht und an Alter zugenommen, und man merkt, daß das Leben ihn gezeichnet, ihm aber auch die heitere Aura eines Helden gelassen hat, der den Mut besaß, sein eigenes Standbild zu zertrümmern.

Ich hatte diesen Bericht seit fünfzehn Jahren nicht mehr gelesen. Er scheint mir wert, veröffentlicht zu werden, doch ich begreife den Nutzen dieser Veröffentlichung nicht. Mich bedrückt die Vorstellung, daß die Verleger weniger der Wert des Textes interessiert, als der Name, der daruntersteht, besonders, wenn der Name, so leid es mir tut, der eines Schriftstellers in

Mode ist. Wenn der Bericht in Buchform gedruckt wird, so deshalb, weil ich, ohne groß zu überlegen, zugestimmt habe, und ich bin nicht der Mann, der sein Wort zurücknimmt.

Barcelona, Februar 1970 G. G. M.

1. Kapitel
So waren meine Kameraden, die der See zum Opfer fielen

Am 22. Februar wurde uns mitgeteilt, daß wir nach Kolumbien zurückkehren würden. Seit acht Monaten hielten wir uns in Mobile, Alabama, in den Vereinigten Staaten auf, wo auf dem Zerstörer »Caldas« Reparaturen an der Elektronik und seiner Bestückung vorgenommen wurden. Während das Schiff repariert wurde, erhielten wir, die Besatzung, eine Spezialausbildung. An den freien Tagen taten wir, was alle Matrosen an Land tun: wir gingen mit unseren Mädchen ins Kino und trafen uns hinterher in der »Joe Palooka«, einer Hafenkneipe, wo wir Whisky tranken und ab und zu Krawall machten.

Mein Mädchen hieß Mary Address, ich lernte sie zwei Monate nach meiner Ankunft in Mobile durch die Braut eines anderen Seemanns kennen. Obwohl Mary leicht Spanisch lernte, begriff sie, glaube ich, nie, warum meine Freunde sie »Maria Anschrift« nannten. Immer wenn ich frei hatte, lud ich sie ins Kino ein, obgleich sie lieber zum Eisessen eingeladen worden wäre. Wir verständigten uns in meinem halben Englisch und ihrem halben Spanisch, aber wir verstanden uns immer, im Kino oder beim Eisessen.

Nur einmal ging ich nicht mit Mary ins Kino: an dem Abend, als wir ›Die Caine war ihr Schicksal‹ sahen. Einigen meiner Kameraden hatte jemand erzählt, es sei ein guter Film über das Leben auf einem Minenräumboot. Darum sahen wir ihn uns an. Doch das Beste an dem Film war nicht das Minenräumboot, sondern der Sturm. Wir waren uns alle darüber einig, daß es im Falle eines derartigen Sturms richtig sei, auf

Gegenkurs zu gehen, so wie es die Meuterer getan hatten. Weder ich noch einer meiner Kameraden hatte einen derartigen Sturm erlebt, so daß nichts in dem Film uns mehr beeindruckte als der Sturm. Beim Schlafengehen sagte der Matrose Diego Velázquez, der von dem Film besonders beeindruckt war und daran dachte, daß wir in wenigen Tagen auf See sein würden: »Und wenn uns so was passiert?«

Ich gebe zu, daß auch ich beeindruckt war. Seit acht Monaten war ich den Umgang mit der See nicht mehr gewöhnt. Ich war nicht ängstlich, denn der Ausbilder hatte uns beigebracht, wie man sich bei einem Schiffbruch verhält. Aber die Unruhe, die ich an dem Abend spürte, als wir ›Die Caine war ihr Schicksal‹ sahen, war nicht normal.

Ich will nicht behaupten, daß ich die Katastrophe in diesem Augenblick vorausahnte. Wahr ist aber, daß ich niemals vor einer Reise so viel Angst gehabt habe. Mir kam als kleiner Junge in Bogotá, wenn ich mir die Abbildungen in Büchern ansah, nie in den Sinn, daß man im Meer den Tod finden könnte. Ich dachte im Gegenteil voller Vertrauen an die See. Und seit ich vor fast zwölf Jahren in die Marine eingetreten bin, hat mich während keiner Fahrt je etwas aus der Fassung gebracht.

Ich schäme mich nicht, zuzugeben, daß ich etwas der Angst sehr Ähnliches empfand, nachdem ich ›Die Caine war ihr Schicksal‹ gesehen hatte. Auf dem Rücken in meiner Koje – der obersten von allen – liegend, dachte ich an meine Familie und an die Reise, die wir vor uns hatten, bis wir Cartagena erreichten. Ich konnte nicht schlafen. Den Kopf in die Hände gestützt, hörte ich das sanfte Schlagen des Wassers gegen die Kaimauer und das ruhige Atmen der vierzig Seeleute, die im selben Raum schliefen. Unter meiner Koje schnarchte der Obergefreite Luis Rengifo wie eine Posaune. Ich weiß nicht, was er träumte, doch er hätte sicher nicht so ruhig schlafen können, hätte er gewußt, daß er acht Tage später tot auf dem Grund des Meeres liegen würde.

Meine Besorgnis hielt die ganze Woche an. Der Tag der Ausreise nahte beunruhigend schnell, und ich versuchte mir im Gespräch mit meinen Kameraden Zuversicht einzuflößen. Der Zerstörer »Caldas« lag zum Ablegen bereit. Wir sprachen in jenen Tagen beharrlicher von unseren Familien, von Kolumbien und unseren Plänen nach der Ankunft. Nach und nach füllte sich das Schiff mit Geschenken für zu Hause: mit Radios, Eisschränken, Waschmaschinen und vor allem Heizöfen. Ich nahm ein Radio mit.

Kurz vor dem Auslaufen und ohne meine Sorgen abschütteln zu können, traf ich einen Entschluß: sobald Cartagena erreicht wäre, würde ich die Marine verlassen. Ich wollte mich den Gefahren der Seefahrt nicht wieder aussetzen. Am Abend vor der Abreise verabschiedete ich mich von Mary, der ich meine Befürchtungen und meinen Entschluß mitteilen wollte. Aber ich tat es doch nicht, denn ich versprach ihr, wiederzukommen, und sie hätte mir nicht geglaubt, wenn ich ihr gesagt hätte, daß ich nie wieder zur See fahren wollte. Der einzige, den ich in meinen Entschluß einweihte, war mein enger Freund, der Gefreite Ramón Herrera, der mir anvertraute, daß auch er sich entschlossen habe, sowie Cartagena erreicht sei, die Marine zu verlassen. Unter gemeinsamen Befürchtungen gingen Ramón Herrera und ich mit dem Matrosen Diego Velázquez zu einem Abschiedswhisky in die »Joe Palooka«.

Wir hatten vorgehabt, einen Whisky zu trinken, aber wir tranken fünf Flaschen. Unsere quasi allabendlichen Freundinnen hatten von unserer Abreise erfahren und waren entschlossen, sich zu unserem Abschied zu betrinken und als Beweis für ihre Dankbarkeit zu weinen. Der Kapellmeister, ein ernster Mann mit einer Brille, die nicht zuließ, daß er wie ein Musiker aussah, spielte uns zu Ehren ein Programm von Mambos und Tangos, in der Annahme, das sei kolumbianische Musik. Unsere Freundinnen weinten und tranken Whisky, die Flasche zu anderthalb Dollar.

Da man uns in dieser letzten Woche dreimal bezahlt hatte, beschlossen wir, alles auf den Kopf zu hauen. Ich, weil ich beunruhigt war und mich besaufen wollte. Ramón Herrera, weil er fröhlich war wie immer, weil er aus Arjona stammte und trommeln konnte und die einzigartige Fähigkeit besaß, alle Sänger, die in Mode waren, zu imitieren.

Kurz bevor wir gingen, kam ein nordamerikanischer Seemann an unseren Tisch und bat Ramón Herrera um Erlaubnis, mit dessen Braut tanzen zu dürfen, einer dicken Blonden, die am wenigsten trank und am meisten – aufrichtig – weinte! Der Nordamerikaner bat auf englisch um Erlaubnis, und Ramón Herrera versetzte ihm einen Stoß und sagte auf spanisch: »Ich verstehe keinen Furz!«

Es war eine der besten Schlägereien von Mobile, mit um die Ohren fliegenden kaputten Stühlen, Funkstreifen und Polizei. Ramón Herrera, der dem Nordamerikaner zwei prima Nackenschläge hatte verpassen können, kehrte, Daniel Santos imitierend, um ein Uhr morgens aufs Schiff zurück. Dies sei das letzte Mal, sagte er, daß er an Bord gehe. Und es war das letzte Mal.

Um drei Uhr morgens, am 24. Februar, lief der Zerstörer »Caldas« aus dem Hafen von Mobile mit Kurs auf Cartagena aus. Wir waren alle glücklich, nach Hause zurückzukehren. Alle brachten wir Geschenke mit. Der Artillerie-Obermaat Miguel Ortega schien der fröhlichste von allen zu sein. Ich glaube, kein Seemann ist je so vernünftig gewesen wie der Obermaat Miguel Ortega. Während seiner acht Monate in Mobile verschwendete er keinen Dollar. Alles verdiente Geld verwandelte er in Geschenke für seine Frau, die in Cartagena auf ihn wartete. Als wir an diesem Morgen an Bord gingen, war der Obermaat Miguel Ortega auf der Brücke und sprach gerade von seiner Frau und seinen Kindern, was kein Zufall war, denn er sprach nie von etwas anderem. Er nahm einen Eisschrank mit, eine vollautomatische Waschmaschine und ein Radio und einen Heizofen. Zwölf Stunden später sollte der Obermaat Miguel Ortega in seiner Koje hingestreckt vor Seekrankheit fast sterben. Und zweiundsiebzig Stunden darauf würde er in den Tiefen des Meeres versunken sein.

Die Gäste des Todes

Wenn ein Schiff ablegt, heißt das Kommando: »Alle Mann auf Gefechtsstationen.« Jeder hat dort zu bleiben, bis das Schiff den Hafen verlassen hat. Still auf meinem Posten vor dem Torpedorohrsatz, sah ich, wie sich die Lichter von Mobile im Nebel verloren, aber ich dachte nicht an Mary. Ich dachte an die See. Ich wußte, daß wir am folgenden Tag im Golf von Mexiko sein würden und daß die Route zu dieser Jahreszeit gefährlich ist. Bis zum Tagesanbruch sah ich Fregattenkapitän Jaime Martínez Diago, den zweiten Offizier, nicht, der als einziger Offizier bei der Katastrophe umgekommen ist. Er war ein großer Mann, kräftig und schweigsam, den ich nur gelegentlich sah. Ich wußte, daß er aus Tolima stammte und ein hervorragender Mensch war.

Dafür sah ich an diesem Morgen den Oberbootsmann Julio Amador Caraballo, den zweiten Steuermann, groß und gutgewachsen, der an mir vorbeikam, einen Augenblick die letzten Lichter von Mobile betrachtete und auf seinen Posten ging. Ich glaube, es war das letzte Mal, daß ich ihn an Bord sah.

Niemand von der Besatzung der »Caldas« äußerte sich lärmender und froher über die Rückkehr als der Maschinen-Obermaat Elías Sabogal, Chef des Maschinenpersonals. Er war ein Seebär. Klein, gegerbte Haut, robust und redselig. Er war um die vierzig Jahre alt, und ich glaube, die meisten davon hat er redend verbracht.

Der Maschinen-Obermaat Sabogal hatte Grund, zufriedener zu sein als alle anderen. In Cartagena erwarteten ihn seine Frau und sechs Kinder. Aber er kannte nur fünf: das jüngste war während unseres Aufenthaltes in Mobile geboren worden.

Bis zum Tagesanbruch verlief die Reise vollkommen ruhig. Ich hatte mich nach einer Stunde wieder an die Seefahrt gewöhnt. Die Lichter von Mobile verloren sich in der Ferne im Nebel eines stillen Tags, und im Osten sah man, wie die Sonne langsam aufging. Ich war nicht ängstlich, nur müde. Ich hatte die ganze Nacht nicht geschlafen. Ich hatte Durst. Und eine böse Erinnerung an den Whisky.

Um sechs Uhr morgens verließen wir den Hafen. Wir erhielten den Befehl: »Von Gefechtsstationen weggetreten, die Seewache aufziehen!« Sowie ich das Kommando hörte, ging ich in unser Logis. Unter meiner Koje saß Luis Rengifo und rieb sich die Augen, um den Schlaf zu vertreiben.

»Wo sind wir?« fragte mich Luis Rengifo. Ich sagte ihm, daß wir eben den Hafen verließen. Dann stieg ich in meine Koje und versuchte einzuschlafen.

Luis Rengifo war durch und durch Seemann. Er war in Chocó, weit entfernt vom Meer, geboren, aber er hatte die See im Blut. Als die »Caldas« in Mobile in die

Werft ging, gehörte Luis Rengifo nicht zur Besatzung. Er war in Washington bei einem Artilleriekursus. Er war ernst, fleißig und sprach Englisch genausogut wie Spanisch.

Am 15. März machte er in Washington sein Examen als Zivilingenieur. 1952 heiratete er dort ein Mädchen aus der Dominikanischen Republik. Als der Zerstörer »Caldas« repariert war, kam Luis Rengifo aus Washington und wurde in die Besatzung aufgenommen. Kurz bevor wir Mobile verließen, hatte er mir gesagt, daß er bei der Ankunft in Kolumbien sofort alle Schritte zur Übersiedlung seiner Frau nach Cartagena unternehmen würde.

Nachdem er so lange Zeit nicht zur See gefahren war, war ich sicher, daß Luis Rengifo seekrank werden würde. An diesem ersten Morgen der Reise fragte er mich beim Anziehen:

»Na, bist du noch nicht seekrank?«

Ich antwortete, nein. Dann sagte Rengifo:

»In den nächsten zwei, drei Stunden hängt dir die Zunge raus.«

»Dir aber auch«, sagte ich. Und er antwortete:

»An dem Tag, an dem ich seekrank werde, wird die See seekrank.«

In meiner Koje liegend, versuchte ich einzuschlafen und erinnerte mich wieder an den Sturm. Meine Befürchtungen der vorherigen Nacht kamen wieder. Von neuem besorgt, drehte ich mich zu dem inzwischen angezogenen Luis Rengifo um und sagte:

»Paß auf, daß du dich nicht selber Lügen strafst.«

2. Kapitel
Meine letzten Minuten an Bord des »Wolfsbootes«

»Wir sind schon im Golf«, sagte einer meiner Kameraden am 26. Februar, als ich zum Mittagessen aufstand. Am Tag vorher war ich wegen des Wetters im Golf von Mexiko etwas unruhig gewesen. Doch der Zerstörer glitt, wenn er sich auch leicht bewegte, sanft weiter. Froh dachte ich, daß meine Sorgen unbegründet gewesen seien, und ging an Deck. Die Konturen der Küste waren verschwunden. Nur das grüne Meer und der blaue Himmel breiteten sich rings um uns aus. Dennoch saß bleich und verkrampft im Zwischendeck der Maat Miguel Ortega und kämpfte gegen die Seekrankheit an. Es hatte schon sehr bald angefangen. Schon als die Lichter von Mobile noch nicht ganz verloschen waren und während der vergangenen vierundzwanzig Stunden hatte der Maat Miguel Ortega sich nicht auf den Beinen halten können, obwohl er kein Neuling war auf See.

Miguel Ortega war in Korea gewesen, auf der Fregatte »Almirante Padilla«. Er war weit gereist und mit der See vertraut. Aber obwohl der Golf ruhig war, mußten wir ihn stützen, damit er seine Wache schieben konnte. Er wirkte wie ein Sterbender. Er vertrug keinerlei Nahrung, und wir, die wir mit ihm Wache hatten, setzten ihn am Heck an die Reeling oder ins Zwischendeck, bis wir das Kommando erhielten, ihn in das Logis zu transportieren. Er legte sich in seiner Koje auf den Bauch, und mit dem Kopf zur Seite wartete er aufs Erbrechen.

Ich glaube, es war Ramón Herrera, der mir am 26. nachts sagte, daß die Sache in der Karibik brenzlig hart werden würde. Nach unseren Berechnungen verließen wir den Golf von Mexiko nach Mitternacht. Auf meinem Wachtposten vor dem Torpedorohrsatz dachte ich voll Optimismus an unsere Ankunft in Cartagena. Die Nacht war klar, und der hohe runde Himmel war voller Sterne. Seit ich bei der Marine war, hatte ich mich darauf spezialisiert, die Namen der Sterne festzustellen. Seit jener Nacht erfreute ich mich daran, während der Zerstörer »Caldas« ruhig der Karibik zusteuerte.

Ich glaube, daß ein alter Seemann, der die ganze Welt bereist hat, an der Bewegung des Schiffs erkennen kann, auf welchem Meer er sich befindet. Die Erfahrung mit diesem Meer, auf dem meine militärische Laufbahn begonnen hatte, ließ mich erkennen, daß wir uns in der Karibik befanden. Ich sah auf die Uhr. Es war halb ein Uhr nachts. Eine Minute nach halb eins am Morgen des 27. Februar. Selbst wenn das Schiff sich nicht so sehr bewegt hätte, hätte ich gewußt, daß wir in der Karibik waren. Aber es bewegte sich. Ich, der ich nie seekrank gewesen war, fing an, mich schlecht zu fühlen. Ich hatte eine sonderbare Vorahnung. Und ohne zu wissen, warum, erinnerte ich mich an den Maat Miguel Ortega, der unten in seiner Koje lag und dem der Magen aus dem Hals hing.

Um sechs Uhr früh schlingerte der Zerstörer wie eine Nußschale. Luis Rengifo, eine Koje unter mir, war wach.

»Dicker«, sagte er, »bist du noch nicht seekrank?«

Ich sagte nein. Aber ich teilte ihm meine Befürchtungen mit. Rengifo, der, wie ich schon sagte, studierter Ingenieur und ein guter Seemann war, erklärte mir, weshalb für die »Caldas« nicht die geringste Gefahr bestand, in der Karibik abzusaufen. »Es ist ein Wolfsboot«, sagte er. Und er erinnerte mich daran, daß der kolumbianische Zerstörer in diesen selben Gewässern im Krieg ein deutsches Unterseeboot versenkt hatte.

»Das Schiff ist sicher«, sagte Luis Rengifo. Und ich, der ich in meiner Koje lag und wegen der ständigen Bewegungen nicht schlafen konnte, fühlte mich durch seine Worte beruhigt. Doch der Wind kam immer stärker von Backbord, und ich stellte mir vor, wie die »Caldas« sich mitten in diesem gewaltigen Seegang verhalten würde. In diesem Augenblick erinnerte ich mich an ›Die Caine war ihr Schicksal‹.

Obwohl das Wetter sich während des ganzen Tages nicht änderte, verlief die Reise weiter normal. Als ich meine Wache hielt, machte ich Pläne für die Rückkehr nach Cartagena. Ich würde Mary schreiben. Ich dachte daran, ihr zweimal pro Woche zu schreiben, denn ich bin nie schreibfaul gewesen. Seit meinem Eintritt in die Marine habe ich meiner Familie in Bogotá jede Woche geschrieben. Meinen Freunden im Stadtteil Olaya habe ich regelmäßig lange Briefe geschrieben. Ich würde Mary also schreiben, dachte ich und zählte die Stunden, die uns noch von Cartagena trennten: es waren genau vierundzwanzig Stunden. Diese Wache war meine vorletzte.

Ramón Herrera half mir, den Maat Miguel Ortega zu seiner Koje zu schleppen. Es ging ihm immer schlechter. Seit wir Mobile vor drei Tagen verlassen hatten, hatte er keine Nahrung zu sich genommen. Er konnte fast nicht sprechen, und sein Gesicht war grün und verzerrt.

Der Tanz beginnt

Der Tanz begann um zehn Uhr abends. Während des ganzen Tages hatte die »Caldas« geschlingert, doch nicht so stark wie in dieser Nacht des 27. Februar, in der ich schlaflos in meiner Koje voll Entsetzen an die Leute dachte, die an Oberdeck Wache hielten. Ich wußte, daß keiner der Leute hier in seiner Koje schlafen konnte. Kurz vor Mitternacht sagte ich zu Luis Rengifo unter mir:

»Bist du immer noch nicht seekrank?«

Wie ich angenommen hatte, konnte Luis Rengifo auch nicht schlafen. Aber trotz der Bewegung des Schiffes hatte er seinen Humor nicht verloren. Er sagte:

»Ich sage dir, an dem Tag, an dem ich seekrank werde, wird die See seekrank.«

Das war ein Satz, den er regelmäßig wiederholte. Doch in dieser Nacht hatte er kaum Zeit, ihn zu beenden.

Ich habe schon gesagt, daß ich beunruhigt war, daß ich so etwas Ähnliches wie Angst empfand. Aber für mich besteht nicht der geringste Zweifel an dem, was ich am 27. Februar um Mitternacht empfand, als durch die Lautsprecher der allgemeine Befehl kam: »Alle Mann an Backbordseite!«

Ich wußte, was dieses Kommando bedeutete. Das Boot hatte eine gefährliche Steuerbord-Schlagseite entwickelt, der wir mit unserem Gewicht entgegenwirken sollten. Zum ersten Mal in den zwei Jahren, die ich zur See fuhr, hatte ich vor dem Meer tatsächlich Angst. Dort oben an Deck, wo der Wind heulte, mußten die Leute durchweicht sein und vor Kälte schlottern.

Kaum hatte ich das Kommando gehört, sprang ich aus der Koje. Luis Rengifo stand ganz ruhig auf und ging zu einer der Kojen an Backbord, die unbesetzt waren, weil sie dem Wachpersonal gehörten. Ich versuchte zu gehen, indem ich mich an die anderen Kojen klammerte, und dachte in diesem Augenblick wieder an Miguel Ortega.

Er konnte sich nicht rühren. Als er das Kommando gehört hatte, hatte er versucht aufzustehen, war aber wieder erschöpft und von der Seekrankheit besiegt in seine Koje zurückgefallen. Ich half ihm beim Aufstehen und legte ihn in eine Koje an Backbord. Mit erloschener Stimme sagte er, daß er sich sehr elend fühle.

»Wir kriegen schon hin, daß du keine Wache schieben mußt«, sagte ich zu ihm.

Es klingt wie ein schlechter Witz, aber wäre Miguel Ortega in seiner Koje geblieben, wäre er jetzt nicht tot.

Ohne eine Minute geschlafen zu haben, versammelten wir sechs uns zur Freiwache um vier Uhr morgens am 28. auf dem Achterdeck. Unter uns war auch Ramón Herrera, mein täglicher Gefährte. Der wachhabende Unteroffizier war Guillermo Rozo. Es war meine letzte Handlung an Bord. Ich wußte, daß wir um zwei Uhr nachmittags in Cartagena sein würden. Sowie ich die Wache abgegeben haben würde, wollte ich schlafen, um mich nach acht Monaten Abwesenheit abends an Land zu amüsieren. Um fünf Uhr dreißig morgens inspizierte ich in Begleitung eines Schiffsjungen die untersten Decks. Um sieben Uhr lösten wir die diensthabende Wache zum Frühstück ab. Um acht Uhr kamen sie zurück, um uns abzulösen. Genau zu dieser Stunde gab ich zum letzten Mal meine Wache ab, ohne Neuigkeiten, obwohl der Wind weiter auffrischte und die immer höheren Wellen an die Brücke schlugen und das Deck überspülten.

Auf dem Achterdeck war Ramón Herrera. Dort war auch, als Lebensretter vom Dienst, Luis Rengifo, mit Kopfhörern. Im Zwischendeck lag sterbend vor Seekrankheit der Maat Miguel Ortega. Dort spürte man die Bewegung des Schiffs weniger. Ich sprach einen Augenblick mit dem Gefreiten Eduardo Castillo, Proviantmeister, Junggeselle, aus Bogotá kommend und sehr zurückhaltend. Ich erinnere mich nicht, worüber wir sprachen. Ich weiß nur, daß wir uns erst wiedersahen, als er wenige Stunden später im Meer versank.

Ramón Herrera trieb ein paar Pappen auf, um sich

mit ihnen zuzudecken, und versuchte zu schlafen. Es war wegen des Schlingerns unmöglich, im Logis auszuruhen. Die immer stärkeren und höheren Wellen brachen sich auf Deck. Ramón Herrera und ich legten uns dicht nebeneinander zwischen die auf dem Achterdeck festgezurrten Eisschränke, Waschmaschinen und Heizöfen, um zu verhindern, daß wir von der See mitgerissen wurden. Auf dem Rücken liegend betrachtete ich den Himmel. Ausgestreckt und überzeugt, daß wir in wenigen Stunden im Hafen von Cartagena sein würden, fühlte ich mich ruhiger. Wir hatten kein Unwetter; der Tag war vollkommen klar, die Sicht einwandfrei und der Himmel tiefblau. Mich drückten nicht einmal die Schuhe, weil ich sie nach der Wachübergabe gegen Turnschuhe vertauscht hatte.

Eine Minute Stille

Luis Rengifo fragte mich nach der Uhrzeit. Es war halb zwölf. Seit einer Stunde hatte das Schiff Schlagseite und neigte sich gefährlich nach Steuerbord. Über Lautsprecher wurde der Befehl der vorherigen Nacht wiederholt: »Alle Mann an Backbordseite!« Ramón Herrera und ich rührten uns nicht, weil wir uns auf dieser Seite befanden.

Ich dachte an den Maat Miguel Ortega, den ich einen Augenblick vorher an Steuerbord gesehen hatte, aber fast im gleichen Moment sah ich ihn vorbeitaumeln. Er stürzte nach Backbord, sterbenskrank vor Übelkeit. In diesem Augenblick holte das Schiff fürchterlich über und war weg. Ich hielt die Luft an. Eine riesige Welle brach sich über uns, und wir wurden so naß, als kämen wir aus dem Meer. Sehr langsam und mühevoll gewann der Zerstörer wieder seine normale Lage. Luis Rengifo, auf Wache, war leichenblaß und sagte nervös:

»Verflucht! Dieses Schiff haut ab und will nicht wiederkommen.«

Es war das erste Mal, daß ich Luis Rengifo nervös sah. Ramón Herrera neben mir, naß bis auf die Knochen, verhielt sich nachdenklich und schweigsam. Ein Moment vollkommener Stille trat ein. Dann sagte Ramón Herrera:

»Sowie der Befehl zum Kappen der Halteleinen kommt, damit die Ladung ins Wasser geht, bin ich der erste, der kappt.«

Es war elf Uhr fünfzig.

Ich dachte auch, daß sie jeden Moment befehlen würden, die Halteleinen der Ladung zu kappen. Man nennt das »Überbordwerfen von Decksladung«. Die Radios, Eisschränke und Heizöfen wären sofort ins Wasser gestürzt, wenn der Befehl gegeben worden wäre. Für diesen Fall, dachte ich, müßten wir runter in das Logis, denn oben auf dem Achterdeck waren wir nur zwischen den Eisschränken und Heizöfen sicher. Ohne sie hätten die Wellen uns mitgerissen.

Das Schiff wehrte sich weiter gegen den Seegang, bekam aber immer mehr Schlagseite. Ramón Herrera rollte eine Persenning auf und bedeckte sich damit. Eine neue See, größer als die vorherige, brach sich wieder über uns, doch waren wir durch die Persenning geschützt. Ich hielt mir mit den Händen den Kopf fest, als die See abfloß, und eine halbe Minute später krächzten die Lautsprecher.

»Sie geben gleich Befehl, die Ladung loszulassen«, dachte ich. Doch der Befehl, mit fester ruhiger Stimme erteilt, lautete anders: »Jedermann, der sich an Oberdeck befindet, hat Schwimmweste anzulegen.«

Ruhig hielt Luis Rengifo in der einen Hand die Kopfhörer und zog sich mit der anderen die Schwimmweste an. Wie nach jeder großen Sturzsee empfand ich zuerst eine große Leere und dann tiefe

Stille. Ich sah Luis Rengifo, der sich mit übergezogener Schwimmweste die Kopfhörer wieder aufsetzte. Dann schloß ich die Augen und hörte deutlich das Ticken meiner Uhr.

Eine Minute lang ungefähr hörte ich meine Uhr. Ramón Herrera bewegte sich nicht. Ich schätzte, daß es Viertel vor zwölf sein mußte. Zwei Stunden noch bis Cartagena. Eine Sekunde lang schien das Schiff in der Luft zu hängen. Ich hob die Hand, um nach der Uhrzeit zu sehen, aber ich sah in diesem Augenblick weder meinen Arm noch Hand oder Uhr. Ich sah den Brecher nicht. Ich spürte, wie das Schiff völlig verlorenging und die Ladung, an der ich mich festklammerte, in Bewegung geriet.

Im Bruchteil einer Sekunde stand ich auf den Füßen, das Wasser reichte mir bis zum Hals. Ich sah, wie Luis Rengifo mit weit aufgerissenen Augen, grün und stumm, Halt suchte und die Kopfhörer hochhielt. Dann bedeckte mich das Wasser völlig, und ich fing an aufwärts zu schwimmen.

Um an die Oberfläche zu kommen, schwamm ich eine, zwei, drei Sekunden aufwärts. Ich schwamm immer weiter nach oben. Mir ging die Luft aus. Ich war am Ersticken. Ich versuchte, mich an der Ladung festzuhalten, aber die Ladung war schon verschwunden. Um mich herum war nichts mehr. Als ich oben war, sah ich um mich herum nichts als das Meer. Eine Sekunde später tauchte in etwa hundert Meter Entfernung das Schiff zwischen den Wellen auf, an allen Seiten wasserspeiend wie ein U-Boot. Da erst wurde mir bewußt, daß ich über Bord gegangen war.

3. Kapitel
Ich sehe, wie vier meiner Kameraden ertrinken

Mein erster Eindruck war, daß ich mitten im Meer vollkommen allein war. Ich hielt mich über Wasser und sah, wie sich eine weitere See am Zerstörer brach und wie dieser, ungefähr zweihundert Meter von mir entfernt, in einen Abgrund stürzte und aus meinem Blickfeld verschwand. Ich dachte, er sei untergegangen. Meine Annahme bestätigte sich, als statt seiner einen Augenblick später um mich herum unzählige Warenkisten auftauchten, die der Zerstörer in Mobile geladen hatte. Ich hielt mich über Wasser zwischen Kleiderkisten, Radios, Heizöfen und allen möglichen Haushaltsgegenständen, die, von den Seen gepackt, durcheinanderwirbelten. Ich hatte keine präzise Vorstellung von dem, was folgen würde. Leicht benommen hielt ich mich an einer der herumschwimmenden Kisten fest und begann, das Meer zu betrachten. Der Tag war vollkommen klar. Außer dem hohen, vom Wind getriebenen Seegang und den herumschwimmenden Kisten ließ nichts einen Schiffbruch vermuten.

Plötzlich hörte ich nahe Schreie. Durch das schneidende Pfeifen des Windes hindurch erkannte ich genau die Stimme von Julio Amador Caraballo, dem großen, gutgewachsenen zweiten Steuermann, der jemandem zuschrie:

»Halt dich da fest, unter dem Rettungsring.«

Mir war in diesem Moment, als erwachte ich aus einem tiefen Traum, der eine Minute gedauert hatte. Mir kam zu Bewußtsein, daß ich nicht allein im Meer war. Dort, wenige Meter entfernt, riefen sich meine Kameraden, die sich über Wasser hielten, einander zu. Schnell überlegte ich. In welche Richtung sollte ich schwimmen? Ich wußte, daß wir fast zweihundert Meilen von Cartagena entfernt waren, aber ich hatte meinen Orientierungssinn verloren. Trotzdem hatte ich keine Angst. Einen Moment lang dachte ich, ich könnte unbegrenzt lange an die Kiste geklammert bleiben, bis man uns zu Hilfe käme. Mich beruhigte der Gedanke, daß mehrere Seeleute um mich herum in der gleichen Situation waren. Dann sah ich das Rettungsfloß.

Es waren zwei in einer Entfernung von ungefähr sieben Metern zusammen treibende Flöße. Sie tauchten unverhofft auf dem Kamm einer Welle auf, aus der Richtung, aus der meine Kameraden riefen. Ich fand es sonderbar, daß keiner von ihnen sie hatte erreichen können. Innerhalb einer Sekunde verschwand ein Floß aus meinem Blickfeld. Ich zögerte zwischen dem Risiko, zu dem anderen zu schwimmen oder sicher an die Kiste geklammert zu bleiben. Doch bevor ich mich entschied, schwamm ich schon auf dieses noch sichtbare, sich immer weiter entfernende Floß zu. Ich schwamm drei Minuten lang. Einen Augenblick sah ich das Floß nicht mehr, versuchte aber, die Richtung nicht zu verlieren. Plötzlich trieb ein Wellenschlag es an meine Seite, weiß, riesig und leer. Mit aller Kraft hielt ich mich am Bodennetz fest und versuchte hineinzuklettern. Es gelang mir erst beim dritten Versuch. Im Rettungsfloß, keuchend und gepeitscht vom unbarmherzigen, eisigen Wind, richtete ich mich mühsam auf. Dann sah ich im Umkreis des Floßes drei meiner Kameraden, die es zu erreichen versuchten.

Ich erkannte sie sofort. Eduardo Castillo, Proviantmeister, klammerte sich so fest er konnte an den Hals von Julio Amador Caraballo. Dieser, als das Unglück passierte, auf Wache, hatte seine Schwimmweste an. Er schrie: »Halt dich fest, Castillo.« Sie schwammen in zehn Meter Entfernung mitten zwischen den herumtreibenden Warenkisten.

Auf der anderen Seite war Luis Rengifo. Ein paar Minuten vorher hatte ich ihn auf dem Zerstörer gesehen, wie er versuchte, sich über Wasser zu halten, in der rechten Hand die erhobenen Kopfhörer. Mit der ihm eigenen Gelassenheit, dieser Zuversicht eines ordentlichen Seemanns, mit der er gesagt hatte, daß die See vor ihm seekrank werden würde, hatte er, um besser schwimmen zu können, sein Hemd ausgezogen, aber die Schwimmweste hatte er verloren. Obwohl ich ihn nicht sehen konnte, erkannte ich ihn an seiner Stimme:

»Dicker, rudere hierher.«

Schnell griff ich die Riemen und versuchte, in ihre Nähe zu kommen. Julio Amador, an dessen Hals fest Eduardo Castillo hing, näherte sich dem Rettungsfloß. Viel weiter entfernt, sah ich klein und trostlos den vierten meiner Kameraden: Ramón Herrera, der, an eine Kiste geklammert, mir mit der Hand Zeichen machte.

Nur drei Meter!

Wäre ich vor die Wahl gestellt worden, ich hätte nicht gewußt, welchem meiner Kameraden ich zuerst hätte helfen sollen. Aber als ich Ramón Herrera sah, den von der Schlägerei in Mobile, diesen fröhlichen Jungen aus Arjona, der vor ein paar Minuten mit mir auf dem Achterdeck gewesen war, fing ich sofort verzweifelt an zu rudern. Aber das Rettungsfloß war fast zwei Meter lang. Es lag schwer in der aufgebrachten See, und ich mußte gegen den Wind pullen. Ich glaube, ich brachte es keinen Meter vorwärts. Verzweifelt sah ich um mich, Ramón Herrera war schon von der

Oberfläche verschwunden. Nur Luis Rengifo schwamm sicher auf das Rettungsfloß zu. Ich war überzeugt, daß er es erreichen würde. Ich hatte ihn unter meiner Koje wie eine Posaune schnarchen hören und war überzeugt, daß seine Zuversicht stärker war als die See.

Indessen kämpfte Julio Amador mit Eduardo Castillo, damit dieser seinen Hals nicht losließ. Sie waren kaum drei Meter weit. Ich dachte, wenn sie noch etwas näher kämen, könnte ich ihnen einen Riemen hinstrekken und sie würden sich festhalten. Doch in diesem Augenblick hob eine riesige See das Rettungsfloß in die Höhe, und ich sah vom Kamm der Welle aus den Mast des sich entfernenden Zerstörers. Als ich wieder sank, war Julio Amador mit dem an seinen Hals geklammerten Eduardo Castillo verschwunden. Nur Luis Rengifo schwamm in zwei Meter Entfernung zuversichtlich auf das Floß zu.

Ich weiß nicht, warum ich so etwas Absurdes tat: weil ich wußte, daß ich nicht vorwärts kam, hielt ich den Riemen ins Wasser, wie um das Floß daran zu hindern, daß es sich bewegte, wie um es an Ort und Stelle festzunageln. Luis Rengifo ruhte erschöpft einen Moment aus, hob die Hand, als hielte er seine Kopfhörer hoch, und rief wieder:

»Rudere hierher, Dicker!«

Der Wind kam aus derselben Richtung. Ich schrie, ich könne nicht gegen den Wind pullen, er solle eine letzte Anstrengung machen, aber ich hatte den Eindruck, daß er mich nicht hörte. Die Warenkisten waren verschwunden und das Floß tanzte von der See herumgestoßen von einer Seite auf die andere. Im Nu war ich mehr als fünf Meter von Luis Rengifo entfernt und verlor ihn aus den Augen. Dann erschien er wieder auf der anderen Seite, immer noch ohne den Mut zu verlieren, und tauchte unter den Wellen hindurch, um zu vermeiden, daß sie ihn fortrissen. Ich stand jetzt mit hochgehaltenem Riemen in der Hoffnung, Luis Rengifo käme nahe genug, daß ich ihn erreichen könnte. Aber dann merkte ich, daß er müde wurde und den Mut verlor. Wieder schrie er mir zu und tauchte schon unter:

»Dicker ... Dicker!«

Ich versuchte zu rudern, aber es war so nutzlos wie beim ersten Mal. Ich machte eine letzte Anstrengung, damit Luis Rengifo den Riemen erreichen konnte, aber die erhobene Hand, mit der er noch vor ein paar Minuten versucht hatte, seine Kopfhörer zu retten, sank in diesem Augenblick für immer, weniger als zwei Meter vom Riemen entfernt ...

Ich weiß nicht, wie lange ich so verharrte und mit dem hochgehobenen Riemen das Floß im Gleichgewicht hielt. Ich prüfte das Wasser. Ich wartete darauf, daß jeden Augenblick jemand an der Wasseroberfläche auftauchte. Aber das Meer war sauber, und der immer stärkere Wind hämmerte mit Hundegeheul gegen mein Hemd. Die Warenkisten waren verschwunden. Der sich immer weiter entfernende Mast bestätigte mir, daß der Zerstörer nicht untergegangen war, wie ich anfangs geglaubt hatte. Ich fühlte mich ruhig: Ich dachte, man würde mich jeden Augenblick holen. Ich dachte, einem meiner Kameraden wäre es gelungen, das andere Floß zu erreichen. Es gab keinen Grund dafür, daß es ihnen nicht gelungen sein sollte. Es waren keine ausgerüsteten Rettungsflöße, in Wahrheit war keins der Rettungsflöße des Zerstörers ausgerüstet. Aber es gab insgesamt sechs, abgesehen von den Rettungsbooten und Beibooten. Ich dachte, es sei völlig normal, daß einige meiner Kameraden die anderen Flöße erreicht hätten, so wie ich das meine erreicht hatte. Und daß der Zerstörer uns vielleicht schon suchte.

Plötzlich spürte ich die Sonne. Eine heiße metallische Sonne im Zenit. Benommen, noch ohne mich erholt zu haben, sah ich auf die Uhr. Es war genau zwölf.

Allein

Das letzte Mal, als mich Luis Rengifo auf dem Zerstörer nach der Uhrzeit gefragt hatte, war es elf Uhr dreißig gewesen. Um elf Uhr fünfzig hatte ich wieder auf die Uhr gesehen, und die Katastrophe war noch nicht geschehen. Als ich auf dem Rettungsfloß auf die Uhr sah, war es genau zwölf. Mir war, als sei alles vor langer Zeit passiert. In Wirklichkeit aber waren nur zehn Minuten zwischen dem Augenblick vergangen, seit ich zum letzten Mal auf dem Achterdeck des Zerstörers auf die Uhr gesehen hatte, und dem Augenblick, als ich das Floß erreicht und versucht hatte, meine Kameraden zu retten, und ich dort im Floß nun unbeweglich stand, das leere Meer sah, das schneidende Heulen des Windes hörte und dachte, daß mindestens zwei oder drei Stunden vergehen würden, bevor sie mich retteten.

»Zwei oder drei Stunden«, rechnete ich. Das schien mir eine unverhältnismäßig lange Zeit, um allein auf dem Meer zu sein. Aber ich versuchte mich damit abzufinden. Ich hatte weder Nahrungsmittel noch Wasser und dachte, daß vor drei Uhr nachmittags mein Durst verheerend sein würde. Die Sonne brannte mir auf den Kopf und begann mir die trockene und vom Salz harte Haut zu verbrennen. Da ich bei dem Sturz die Mütze verloren hatte, machte ich meinen Kopf naß, bevor ich mich in Erwartung meiner Retter auf den Rand des Floßes setzte.

Erst jetzt spürte ich den Schmerz am rechten Knie. Meine dicke blaue Drillichhose war naß. Es kostete mich daher Mühe, sie über das Knie hochzurollen. Doch als es mir gelungen war, erschrak ich: ich hatte am unteren Teil des Knies eine tiefe halbmondförmige Wunde. Ich weiß nicht, ob ich an die Schiffsreling geschlagen war. Ich weiß nicht, ob ich mir die Wunde beim Sturz ins Wasser zugezogen hatte. Ich weiß nur, daß ich sie erst bemerkte, als ich im Floß saß, und daß sie, wenn sie auch etwas brannte, nicht blutete, sondern vollkommen trocken war, wohl wegen des Meersalzes, wie ich mir vorstellte. Ohne zu wissen, woran ich denken sollte, machte ich eine Bestandsaufnahme meiner Sachen. Ich wollte wissen, womit ich in der Meereseinsamkeit rechnen konnte. Zunächst einmal rechnete ich mit meiner Uhr, die genau ging und auf die ich alle zwei, drei Minuten unwillkürlich sehen mußte. Außer meinem letztes Jahr in Cartagena gekauften goldenen Ring besaß ich meine Kette mit dem Medaillon der Jungfrau von Carmen, die ich einem anderen Seeman für fünfunddreißig Pesos ebenfalls in Cartagena abgekauft hatte. In meinen Taschen hatte ich nichts außer meinen Spindschlüsseln vom Zerstörer, und drei Werbezettel, die ich an einem Januartag, an dem ich mit Mary Address einkaufen war, in einem Laden in Mobile bekommen hatte. Weil ich nichts zu tun hatte, las ich die Zettel, um mich zu zerstreuen, bis sie zu meiner Rettung kamen. Ich weiß nicht, warum es mir so vorkam, als seien sie wie eine verschlüsselte Botschaft, die Schiffbrüchige in einer Flasche ins Meer werfen. Und ich glaube, wenn ich in diesem Augenblick eine Flasche gehabt hätte, ich hätte einen der Zettel hineingesteckt und Schiffbruch gespielt, um am gleichen Abend meinen Freunden in Cartagena etwas Lustiges erzählen zu können.

4. Kapitel
Meine erste Nacht allein in der Karibik

Um vier Uhr nachmittags beruhigte sich der Wind. Da ich nichts sah außer Wasser und Himmel, da ich keine Orientierungspunkte hatte, vergingen mehr als zwei Stunden, bis ich merkte, daß das Floß vorankam. In Wirklichkeit hatte es von dem Augenblick an, da ich mich darauf befand, angefangen, sich vom Wind getrieben geradeaus fortzubewegen und zwar mit einer höheren Geschwindigkeit, als ich sie mit Hilfe der Riemen erreicht hätte. Trotzdem hatte ich nicht die geringste Vorstellung von der Richtung oder meiner Position. Ich wußte nicht, ob das Floß zur Küste oder ins offene karibische Meer trieb. Letzteres schien mir wahrscheinlicher, denn ich hatte es schon immer für unmöglich gehalten, daß das Meer einen zweihundert Seemeilen weit entfernten Gegenstand an Land spült, besonders, wenn dieser Gegenstand so schwer ist wie ein Mensch auf einem Floß.

Während der ersten zwei Stunden begleitete ich die Reise des Zerstörers im Geist Minute für Minute. Ich dachte, wenn sie nach Cartagena gefunkt haben, dann haben sie auch die Position, wo sich der Unfall ereignet hat, genau angegeben und es werden sofort Flugzeuge und Hubschrauber zu unserer Rettung geschickt. Ich stellte Berechnungen an: vor Ablauf von einer Stunde würden die Flugzeuge zur Stelle sein und über meinem Kopf kreisen.

Um ein Uhr nachmittags setzte ich mich hin und suchte den Horizont ab. Ich machte die drei Riemen los und legte sie ins Floßinnere, bereit, in die Richtung zu pullen, aus der die Flugzeuge auftauchen würden. Die Minuten waren lang und spannend. Die Sonne brannte mir ins Gesicht, Rücken und Lippen waren vom Salz aufgesprungen. Doch ich hatte in diesem Augenblick weder Hunger noch Durst. Ich wünschte mir nur das Erscheinen der Flugzeuge. Mein Plan stand fest: sobald ich sie auftauchen sah, wollte ich versuchen, auf sie loszurudern, dann, sobald sie über mir wären, wollte ich mich im Floß aufstellen und ihnen mit dem Hemd Zeichen machen. Um vorbereitet zu sein, um keine Minute zu verlieren, knöpfte ich das Hemd auf und blieb auf dem Rand sitzen, während ich den Horizont rings um mich absuchte, denn ich hatte nicht die geringste Vorstellung, aus welcher Richtung die Flugzeuge auftauchen würden.

So wurde es zwei Uhr. Noch immer heulte der Wind, und durch das Heulen des Windes hörte ich weiter Luis Rengifos Stimme: »Dicker, rudere hierher.« Ich hörte ihn ganz deutlich, als ob er hier wäre, zwei Meter von mir entfernt, und versuchte, den Riemen zu erreichen. Aber ich wußte, daß wenn der Wind auf dem Meer heulte, wenn die Wellen sich an den Klippen brechen, man die Stimmen, an die man sich erinnert, weiterhin hört. Und ich hörte sie mit verrücktmachender Beharrlichkeit immer weiter: »Dikker, rudere hierher.«

Um drei Uhr begann ich zu verzweifeln. Ich wußte, daß der Zerstörer zu dieser Stunde an der Mole von Cartagena lag. Meine über die Rückkehr glücklichen Kameraden würden sich in wenigen Minuten in der Stadt verstreuen. Ich war der Überzeugung, daß alle an mich dachten, und diese Idee flößte mir Geduld und Mut ein, um bis vier Uhr weiter zu warten. Auch wenn sie nicht gefunkt, auch wenn sie nicht bemerkt hatten, daß wir über Bord gegangen waren, hätten sie es im Moment des Anlegens bemerkt, wenn die gesamte Besatzung an Oberdeck anzutreten hatte. Das wäre spätestens um drei Uhr gewesen; unmittelbar darauf hätten sie Meldung gemacht. Auch wenn die Flugzeuge mit großer Verspätung gestartet wären, würden sie noch vor Ablauf einer halben Stunde die Unglücksstelle anfliegen. So daß sie gegen vier Uhr, spätestens gegen vier Uhr dreißig über meinem Kopf kreisen müßten. Ich suchte weiter den Horizont ab, bis der Wind aufhörte und ich mich von ungeheuerlichem, dumpfen Rauschen umgeben fühlte. Erst jetzt hörte ich Luis Rengifos Schrei nicht mehr.

Die große Nacht

Am Anfang schien es mir unmöglich, drei Stunden allein auf dem Meer zu sein. Um fünf Uhr indessen, als bereits fünf Stunden vergangen waren, kam es mir vor, als könnte ich noch eine Stunde warten. Die Sonne ging unter. Sie wurde im Westen rot und groß, und nun fing ich an, mich zu orientieren. Jetzt wußte ich, wo die Flugzeuge auftauchen würden. Ich ließ die Sonne rechts und sah, ohne mich zu bewegen, ohne den Blick einen einzigen Moment abzuwenden, ohne ein Blinzeln zu wagen, geradeaus in die Richtung, in der meiner Orientierung nach Cartagena liegen mußte. Um sechs Uhr dreißig schmerzten meine Augen. Trotzdem schaute ich weiter. Selbst als es zu dunkeln begann, schaute ich mit hartnäckiger Geduld angestrengt weiter. Ich wußte, daß ich die Flugzeuge jetzt nicht erkennen würde, aber ich würde die grünen und roten Lichter sehen, wie sie auf mich zukämen, bevor ich das Geräusch ihrer Motoren hörte. Ich wollte die Lichter sehen, bedachte aber nicht, daß man mich in der Dunkelheit aus den Flugzeugen nicht erkennen konnte. Mit einem Mal wurde der Himmel rot, und ich spähte weiter den Horizont ab. Gleich darauf wurde er dunkelviolett, aber ich schaute weiter. Auf einer Seite des Floßes erschien wie ein gelber Diamant im weinfarbenen Himmel starr und viereckig der erste Stern, wie ein Zeichen. Unmittelbar darauf, dunkel und dicht, stürzte die Nacht aufs Meer.

Als ich merkte, daß ich in der Dunkelheit versunken war und meine Handfläche nicht mehr erkennen konnte, war mein erster Eindruck, daß ich mein Grauen nicht würde beherrschen können. Am Geräusch des an die Bordkante schlagenden Wassers erkannte ich, daß das Floß langsam aber unermüdlich vorantrieb. In Finsternis getaucht, merkte ich erst jetzt, daß ich am Tag gar nicht so einsam gewesen war. Ich war in der Dunkelheit einsamer, im Floß, das ich nicht sah, das ich nur unter mir fühlte, als es auf einem undurchdringlichen und von seltsamen Tieren bevölkerten Meer stumm dahinglitt. Um weniger allein zu sein, betrachtete ich das Zifferblatt meiner Uhr. Es war zehn Minuten vor sieben. Lange danach, zwei, drei Stunden später, war es fünf Minuten vor sieben. Als der Minutenzeiger die Ziffer zwölf erreichte, war es Punkt sieben, und der Himmel war voller Sterne. Mir aber schien es, als sei so viel Zeit verflossen, daß der Tagesanbruch nicht mehr fern sein könne. Verzweifelt dachte ich noch immer an die Flugzeuge.

Ich begann zu frieren. Es ist unmöglich, in einem Floß auch nur eine Minute trocken zu bleiben. Selbst wenn man auf dem Rand sitzt, bleibt der halbe Körper im Wasser, weil der Boden des Floßes wie ein Korb einen halben Meter unter der Wasseroberfläche hängt. Um acht Uhr abends war das Wasser weniger kalt als die Luft. Ich wußte, daß ich am Boden des Floßes vor Tieren sicher sein würde, weil das den Boden schützende Netz sie daran hindert, näher zu kommen. Doch das lernt man in der Ausbildung, und während der Ausbildung glaubt man es auch, wenn der Ausbilder ein kleines Floßmodell vorführt und man um zwei Uhr nachmittags auf einer Bank zwischen vierzig Kameraden sitzt. Ist man aber um acht Uhr abends allein auf dem Meer und ohne Hoffnung, dann denkt man, daß die Worte des Lehrers keine Logik haben. Ich wußte, daß die Hälfte meines Körpers sich in einer Welt befand, die nicht den Menschen, sondern den Tieren des Meeres gehörte, und trotz des eisigen Windes, der gegen mein Hemd peitschte, wagte ich nicht, mich vom Floßrand wegzubewegen. Dem Instrukteur zufolge ist das die unsicherste Stelle des Floßes. Trotzdem fühlte ich mich nur dort weit genug entfernt von den Tieren: diesen riesigen, unbekannten Tieren, die ich geheimnisvoll am Floß vorbeigleiten hörte.

In dieser Nacht machte es mir Mühe, den Kleinen Bären zu finden, verloren in einem nicht enden wollenden Sternengewirr. Nie hatte ich so viele gesehen. In der gesamten Himmelsweite war es schwierig, eine einzige leere Stelle zu entdecken, doch sobald ich den Kleinen Bären geortet hatte, wagte ich nicht, woandershin zu sehen. Ich weiß nicht, warum ich mich weniger einsam fühlte, als ich den Kleinen Bären betrachtete. In Cartagena, wenn wir Ausgang hatten, setzten wir uns im Morgengrauen auf die Brücke von Manga, während Ramón Herrera sang und dabei Daniel Santos nachahmte und jemand ihn auf der Gitarre begleitete. Auf der Steinbrüstung sitzend, entdeckte ich den Kleinen Bären immer in der Gegend des »Cerro de la Popa«. In dieser Nacht auf dem Floßrand war mir einen Augenblick, als säße ich auf der Brücke von Manga, als wäre Ramón Herrera neben mir und sänge mit Gitarrenbegleitung und als stünde der Kleine Bär nicht zweihundert Seemeilen vom Land entfernt über dem Horizont, sondern über dem »Cerro de la Popa«. Ich dachte, daß zu dieser Stunde in Cartagena jemand den Kleinen Bären sehen müsse, so wie ich ihn über dem Meer sah, und bei diesem Gedanken fühlte ich mich weniger einsam.

Was meine erste Nacht auf dem Meer so lang machte, war, daß in ihr überhaupt nichts geschah. Es ist unmöglich, eine Nacht auf einem Floß zu beschreiben, wenn nichts passiert und man furchtbare Angst vor den Tieren hat und man eine Leuchtzifferuhr besitzt, von der man auch keine einzige Minute den Blick wenden kann. In der Nacht des achtundzwanzigsten Februar – meiner ersten Nacht auf dem Meer – sah ich jede Minute auf die Uhr. Es war qualvoll. Verzweifelt beschloß ich, die Uhr abzunehmen und sie in die Tasche zu stecken, um nicht vom Stundenzeiger abzuhängen. Als ich merkte, daß ich unmöglich widerstehen konnte, war es abends zwanzig Minuten vor neun. Noch hatte ich weder Durst noch Hunger und war sicher, bis zum nächsten Tag, wenn die Flugzeuge kommen würden, durchhalten zu können. Aber ich dachte, die Uhr würde mich wahnsinnig machen. Starr vor Angst löste ich sie vom Armgelenk, um sie in die Tasche zu stecken, doch als ich sie in der Hand hielt, dachte ich, es wäre besser, sie ins Meer zu werfen. Ich zögerte einen Augenblick, und schon packte mich das Entsetzen: Ich dachte, ich würde ohne die Uhr noch einsamer sein. Ich band sie wieder ans Handgelenk und starrte weiter darauf, Minute für Minute, so wie ich am Abend in Erwartung der Flugzeuge auf den Horizont gestarrt hatte, bis mir die Augen wehtaten.

Nach Mitternacht war mir zum Weinen zumute. Ich hatte keine Sekunde geschlafen, hatte es aber auch nicht einmal versucht. Mit der gleichen Hoffnung, mit der ich am Nachmittag und Abend am Horizont die Flugzeuge erwartet hatte, suchte ich im Morgengrauen Schiffslichter. Stundenlang hielt ich auf dem Meer nach ihnen Ausschau; dem ruhigen, riesigen, schweigsamen

Meer, aber ich sah kein einziges Licht, das sich von den Sternen unterschied. Die Kälte war in den Stunden des Morgengrauens größer, und mir schien, als leuchte mein Körper von all der unter der Haut gespeicherten Nachmittagssonne. In der Kälte brannte er noch mehr. Das rechte Knie schmerzte seit zwölf Uhr nachts, und mir war, als sei das Wasser bis zu den Knochen gedrungen. Doch das waren fernerliegende Empfindungen. Ich dachte weniger an meinen Körper als an die Lichter der Schiffe. Und ich dachte, daß ich mitten in der unendlichen Einsamkeit, mitten im dunklen Meeresrauschen nur das Licht eines Schiffs sehen müsse, um einen Schrei auszustoßen, der in jeder Entfernung zu hören sein würde.

Das Licht eines jeden Tags

Der Tag brach nicht langsam an wie an Land. Der Himmel wurde bleich, die ersten Sterne verschwanden, und ich sah wieder zuerst auf die Uhr und dann auf den Horizont. Die Umrisse des Meeres erschienen. Zwölf Stunden waren vergangen, doch das kam mir unmöglich vor. Es ist unmöglich, daß die Nacht so lang ist wie der Tag. Man muß eine Nacht auf dem Meer verbracht haben, in einem Floß sitzend und eine Uhr betrachtend, um zu wissen, daß die Nacht unermeßlich viel länger ist als der Tag. Doch plötzlich beginnt es zu tagen, und man ist zu müde, um zu begreifen, daß es tagt.

Das widerfuhr mir in jener ersten Nacht auf dem Floß. Als es zu tagen begann, war mir alles gleichgültig. Ich dachte weder an Wasser noch an Essen. Ich dachte an nichts, bis der Wind lau und die Oberfläche des Meeres glatt und golden wurde. Ich hatte die ganze Nacht keine Sekunde geschlafen, doch in jenem Augenblick kam es mir vor, als erwache ich. Als ich mich im Floß ausstreckte, schmerzten meine Knochen. Meine Haut schmerzte. Aber der Tag war strahlend und sanft, und inmitten der Klarheit und dem Rauschen des Winds, der sich zu erheben begann, bekam ich wieder Kraft zu warten. Und ich fühlte mich auf dem Floß ganz heimisch. Zum ersten Mal in den zwanzig Jahren meines Lebens war ich vollkommen glücklich.

Das Floß trieb vorwärts, ich konnte nicht ermessen, wie weit es nachts weitergetrieben war, denn wie vorher war am Horizont alles, als hätte ich mich keinen Zentimeter von der Stelle bewegt. Um sieben Uhr morgens dachte ich an den Zerstörer. Es war Frühstückszeit. Ich dachte, daß meine Kameraden jetzt an der Back säßen und einen Apfel äßen. Dann würden uns Eier gebracht. Dann Fleisch. Dann Brot und Milchkaffee. Mir lief das Wasser im Mund zusammen, und mein Magen krümmte sich leicht. Um diesen Gedanken zu verscheuchen, tauchte ich bis zum Hals im Floß unter. Das frische Wasser auf dem verbrannten Rücken gab mir ein Gefühl der Stärke und Erleichterung. Lange Zeit blieb ich so untergetaucht und fragte mich, warum ich mit Ramón Herrera auf das Achterdeck gegangen war, statt mich auf meine Koje zu legen. Minute um Minute rekonstruierte ich die Tragödie und hielt mich für einen Dummkopf. Es gab überhaupt keinen Grund dafür, daß ich eines der Opfer sein sollte: ich hatte keine Wache, ich war nicht verpflichtet gewesen, an Oberdeck zu sein. Ich dachte, an allem sei mein Pech schuld, und schon bekam ich wieder etwas Angst. Aber als ich auf die Uhr sah, wurde ich wieder ruhiger. Der Tag verging schnell: es war halb zwölf.

Ein schwarzer Punkt am Horizont

Das Nahen der Mittagsstunde lenkte meine Gedanken wieder nach Cartagena. Ich dachte, es sei unmöglich, daß man mein Verschwinden nicht bemerkt hätte. Ich beklagte sogar die Tatsache, daß ich das Floß erreicht hatte, denn einen Augenblick lang stellte ich mir vor, daß meine Kameraden gerettet worden waren und daß der einzige, der auf hoher See trieb, ich war, weil der Wind das Floß abgetrieben hatte. Ich machte sogar mein Pech dafür verantwortlich, daß ich das Floß erreicht hatte.

Dieser Gedanke war in meinem Kopf noch nicht ganz gereift, als ich am Horizont einen Punkt zu sehen glaubte. Ich richtete mich auf und behielt den näher kommenden schwarzen Punkt fest im Auge. Es war zehn vor zwölf. Ich schaute so angestrengt hin, daß der Himmel sich sofort mit leuchtenden Punkten füllte. Aber der schwarze Punkt kam immer näher und unmittelbar auf das Floß zu. Zwei Minuten nachdem ich ihn entdeckt hatte, begann ich seine Form genau zu erkennen. Je näher er am leuchtend blauen Himmel kam, um so blendender und metallischer funkelte er. Seine Umrisse wurden unter den anderen leuchtenden Punkten immer deutlicher. Mein Hals, mein Nacken schmerzten, und ich konnte das Strahlen des Himmels nicht mehr in den Augen ertragen. Und doch schaute ich den Punkt immer weiter an; er war glänzend, schnell und kam unmittelbar auf das Floß zu. In diesem Augenblick war ich nicht glücklich. Ich fühlte keine überschwengliche Erregung. Ich fühlte eine große Hellsicht und eine außergewöhnliche Gelassenheit, wie ich da im Floß stand, während das Flugzeug näher kam. Völlig ruhig zog ich das Hemd aus. Ich glaubte, genau zu wissen, in welchem Augenblick ich beginnen müsse, mit dem Hemd zu winken. Eine Minute, zwei

Minuten stand ich mit dem Hemd in der Hand und wartete darauf, daß das Flugzeug noch etwas näher käme. Es flog direkt auf das Floß zu. Als ich den Arm hob und das Hemd zu schwenken begann, hörte ich deutlich über dem Geräusch der Wellen das ansteigende dröhnende Geräusch der Motoren.

5. Kapitel
An Bord des Floßes hatte ich einen Gefährten

Verzweifelt schwenkte ich mindestens fünf Minuten lang das Hemd, bis ich plötzlich merkte, daß ich mich getäuscht hatte: Das Flugzeug kam nicht auf das Floß zu. Als ich den schwarzen Punkt wachsen sah, schien mir, daß er über meinen Kopf hinwegfliegen würde. Doch er flog in großer Entfernung vorüber und in einer Höhe, aus der ich unmöglich erkannt werden konnte. Dann flog er eine weite Schleife zurück und verlor sich an derselben Stelle des Himmels, an der er erschienen war. Im Floß stehend, der glühenden Sonne ausgesetzt, sah ich dem schwarzen Punkt nach, ohne an etwas zu denken, bis er am Horizont vollständig verschwand. Ich setzte mich wieder. Ich fühlte mich unglücklich, aber weil ich die Hoffnung noch nicht verloren hatte, beschloß ich, Schutzmaßnahmen gegen die Sonne zu ergreifen. Vor allem durfte ich meine Lungen nicht den Sonnenstrahlen aussetzen. Es war zwölf Uhr mittags. Seit genau vierundzwanzig Stunden war ich auf dem Floß. Ich legte mich rücklings auf den Rand und bedeckte mein Gesicht mit dem feuchten Hemd. Ich versuchte nicht zu schlafen, denn ich wußte, welche Gefahr mir drohte, wenn ich auf dem Floßrand einschlief. Ich dachte an das Flugzeug: Ich war nicht sicher, ob man mich suchte. Ich hatte es nicht identifizieren können.

Auf dem Floßrand liegend, empfand ich zum ersten Mal die Qual des Durstes. Zuerst waren es der dicke Speichel und die Trockenheit in der Kehle. Ich kam in Versuchung, Meerwasser zu trinken, wußte aber, daß mir das schaden würde. Später könnte ich einen Schluck trinken. Plötzlich vergaß ich den Durst.

Direkt über mir, lauter als das Geräusch der Wellen, hörte ich das Geräusch eines zweiten Flugzeugs.

Erregt stand ich auf. Das Flugzeug näherte sich von da, woher auch das andere gekommen war, doch flog es unmittelbar auf das Floß zu. In dem Augenblick, in dem es über meinen Kopf hinwegflog, schwenkte ich wieder das Hemd. Aber es flog zu hoch. Es flog weit vorbei, entfernte sich und verschwand. Dann wendete es, und ich sah es im Profil gegen den Horizont in die Richtung fliegen, aus der es gekommen war. Jetzt suchen sie mich, dachte ich und wartete an den Bordrand gelehnt, das Hemd in der Hand, auf weitere Flugzeuge.

Etwas an den Flugzeugen hatte ich klar erkannt: sie tauchten an dem Punkt auf, an dem sie auch wieder verschwanden. Das bedeutete, daß dort das Land war. Jetzt wußte ich, wohin ich mich richten mußte. Aber wie? Mochte das Floß im Verlauf der Nacht auch weit vorangekommen sein, die Küste mußte noch sehr weit entfernt sein. Ich wußte, in welcher Richtung ich sie finden würde, aber ich wußte überhaupt nicht, wie lang ich rudern mußte unter dieser Sonne, die mir die Haut briet, und bei dem vor Hunger schmerzenden Magen. Vor allem bei dem Durst. Das Atmen wurde immer schwieriger.

Um 12 Uhr 35, ohne daß ich es hatte kommen sehen, erschien ein riesiges schwarzes Wasserflugzeug und flog brüllend über meinen Kopf hinweg. Mein Herz machte einen Satz. Ich sah es genau. Der Tag war glasklar, so daß ich im Cockpit ganz deutlich den Kopf eines Mannes erkennen konnte, der das Meer mit einem schwarzen Glas absuchte. Das Flugzeug flog so tief und so nah über mich hinweg, daß ich das lärmende Schlagen seiner Motoren im Gesicht zu spüren glaubte. An den Buchstaben auf seinen Flügeln konnte ich es leicht identifizieren: Es war ein Flugzeug der Küstenwache der Kanalzone.

Als es sich zitternd in die offene Karibik entfernte, zweifelte ich keinen Augenblick, daß der Mann mit dem Glas das Schwenken meines Hemdes gesehen hatte. »Sie haben mich gefunden!« schrie ich glücklich und schwenkte noch immer mein Hemd. Wahnsinnig vor Erregung sprang ich im Floß herum.

Sie haben mich gesehen!

Vor Ablauf von fünf Minuten kehrte das schwarze Flugzeug in die entgegengesetzte Richtung fliegend zurück, in gleicher Höhe wie beim ersten Mal. Es flog schräg über die Backbord-Tragflächen geneigt, und wieder sah ich im Fenster dieser Seite genau den Mann, der das Meer mit dem Glas absuchte. Wieder schwenkte ich mein Hemd. Nun schwenkte ich es nicht verzweifelt. Ich schwenkte es ruhig, nicht als bäte ich um Hilfe, sondern als empfinge ich meine Entdecker mit einem tiefbewegten Dankesgruß.

Je näher das Flugzeug kam, desto mehr Höhe schien es zu verlieren. Einen Augenblick lang flog es geradeaus, fast auf dem Wasserspiegel. Ich dachte, es würde wassern, und ich bereitete mich darauf vor, auf die Stelle zuzurudern, an der es herunterkommen würde. Doch einen Augenblick später gewann es wieder an Höhe, machte kehrt und flog zum dritten Mal über meinen Kopf. Aber ich schwenkte mein Hemd nicht verzweifelt. Ich wartete ab, bis es genau über dem Floß war. Ich machte ihm ein kurzes Zeichen und wartete, daß es von neuem, immer tiefer, über mich hinwegflöge. Doch genau das Gegenteil geschah: Es gewann rasch an Höhe und verlor sich dort, wo es erschienen war. Trotzdem brauchte ich mich nicht zu beunruhigen. Ich war sicher, daß man mich gesehen hatte. Es war unmöglich, daß man mich nicht gesehen hatte, wenn man so tief und genau über dem Floß flog. Ruhig, sorglos und glücklich setzte ich mich zum Warten hin.

Ich wartete eine Stunde. Ich war zu einem sehr wichtigen Schluß gelangt: Der Punkt, an dem die ersten Flugzeuge aufgetaucht waren, lag fraglos über Cartagena. Der Punkt, an dem das schwarze Flugzeug verschwunden war, lag über Panama. Ich rechnete, daß, wenn ich geradeaus ruderte und dabei leicht von der Windrichtung abwich, ich ungefähr am Strand von Tolú ankommen würde. Das war etwa zwischen den beiden Punkten, an denen die Flugzeuge verschwunden waren.

Ich hatte ausgerechnet, daß man mich in einer Stunde retten würde. Aber die Stunde verging, ohne daß das geringste auf dem blauen klaren und vollkommen ruhigen Meer geschah. Weitere zwei Stunden vergingen. Und noch eine und noch eine, während derer ich mich keine Sekunde vom Floßrand wegbewegte. Ich war angespannt und suchte den Horizont ab, ohne mit der Wimper zu zucken. Um fünf Uhr nachmittags begann die Sonne zu sinken. Ich hatte die Hoffnung noch nicht verloren, begann jedoch unruhig zu werden. Ich war sicher, daß man mich vom schwarzen Flugzeug aus gesehen hatte, konnte mir aber nicht erklären, warum so viel Zeit verstrich, bis man mich rettete. Ich fühlte Trockenheit in der Kehle. Das Atmen wurde immer schwieriger. Zerstreut blickte ich zum Horizont, als ich, ohne zu wissen weshalb, einen Satz machte und mitten ins Floß fiel. Langsam, wie auf der Jagd nach Beute, glitt die Flosse eines Hais am Floßrand entlang.

Die Haie kommen um fünf

Es war das erste Tier, das ich sah, nachdem ich fast dreißig Stunden im Floß war. Die Flosse eines Hais erschreckt, weil einem der Heißhunger des Raubfischs bekannt ist. Doch tatsächlich wirkt nichts harmloser als die Flosse eines Hais. Sie sieht nicht so aus, als sei sie Teil eines Tiers und schon gar nicht eines Raubtiers. Sie ist grün und rauh wie Baumrinde. Als ich sie über den Floßrand streifen sah, dachte ich, sie müsse frisch und ein wenig bitter schmecken wie die Rinde einer Pflanze. Es war fünf Uhr vorbei. Das Meer war bei Einbruch des Abends heiter. Andere Haie näherten sich dem Floß und trieben sich geduldig herum, bis die Nacht vollständig eingefallen war. Ich fühlte sie in der Dunkelheit das Floß umkreisen und die ruhige Wasseroberfläche mit der Schneide ihrer Flossen zerteilen.

Von diesem Augenblick an setzte ich mich nach fünf Uhr nachmittags nicht mehr auf den Floßrand. Morgen, übermorgen und sogar noch vier Tage später würde die Erfahrung mich gelehrt haben, daß Haie pünktliche Tiere sind: Sie kamen kurz nach fünf Uhr und verschwanden mit der Dunkelheit.

Gegen Abend bietet das durchsichtige Wasser ein prachtvolles Schauspiel. Fische aller Farben näherten sich dem Floß. Riesige gelbe und grüne Fische; blaurot gestreifte Fische, runde, winzige begleiteten das Floß bis zum Einbruch der Nacht. Manchmal gab es einen metallenen Blitz, ein blutiger Wasserstrahl spritzte über die Bordwand, und eine Sekunde lang schwammen die Stücke eines von einem Hai zerfetzten Fischs neben dem Floß. Dann stürzte sich eine unzählbare Menge kleinerer Fische auf die Reste. Ich hätte in diesem Augenblick für den kleinsten von einem Hai übriggelassenen Rest meine Seele verkauft.

Dies war meine zweite Nacht auf dem Meer. Nacht des Hungers und des Durstes und der Verzweiflung. Ich fühlte mich aufgegeben, nachdem ich verbissen auf die Flugzeuge gehofft hatte. Erst in dieser Nacht wurde mir klar, daß das einzige, was über meine Rettung entschied, mein Wille und meine noch vorhandene Kraft waren.

Etwas wunderte mich: Ich fühlte mich ein wenig schwach, aber nicht erschöpft. Ich hatte fast vierzig Stunden ohne Wasser und Nahrung und über zwei Nächte und Tage ohne Schlaf ausgehalten, denn die dem Unfall vorausgehende ganze Nacht hatte ich auf Wache verbracht. Und trotzdem war ich imstande zu rudern.

Wieder suchte ich den Kleinen Bären. Ich richtete den Blick fest auf ihn und fing an zu pullen. Wind war aufgekommen, doch er wehte nicht in die Richtung, die ich dem Floß geben mußte, um direkt auf den Kleinen Bären zuzusteuern. Ich befestigte die beiden Riemen am Bordrand und begann um zehn Uhr nachts zu rudern. Anfangs ruderte ich verzweifelt. Dann ruhiger, den Blick auf den Kleinen Bären geheftet, der nach meiner Berechnung genau über dem »Cerro de la Popa« glänzte.

Am Geräusch des Wassers erkannte ich, daß ich vorankam. Wenn ich müde wurde, kreuzte ich die Riemen und legte den Kopf zurück, um auszuruhen. Dann packte ich die Riemen wieder mit neuer Kraft und neuer Hoffnung. Um zwölf Uhr nachts ruderte ich noch immer.

Ein Floßgefährte

Gegen zwei Uhr etwa war ich vollkommen erschöpft. Ich kreuzte die Riemen und versuchte zu schlafen. In diesem Augenblick nahm mein Durst zu. Der Hunger machte mir keine Beschwerden. Der Durst machte mir Beschwerden. Ich war so müde, daß ich den Kopf auf den Riemen legte und bereit war zu sterben. Da sah ich auf Deck des Zerstörers den Matrosen Jaime Manjarrés sitzen, der mir mit dem Zeigefinger die Richtung zum Hafen wies. Jaime Manjarrés aus Bogotá ist einer meiner ältesten Freunde bei der Marine. Immer wieder dachte ich an die Kameraden, die versucht hatten, das Floß zu erreichen. Ich fragte mich, ob sie in das andere Floß gekommen waren, ob der Zerstörer sie aufgefischt hatte oder ob die Flugzeuge sie gesichtet hatten. Doch nie hatte ich an Jaime Manjarrés gedacht, aber sobald ich die Augen schloß, erschien er lächelnd, wies mir zuerst die Richtung zum Hafen und saß mir dann im Eßraum gegenüber, einen Teller mit Obst und Rührei in der Hand.

Anfangs war es ein Traum. Ich schloß die Augen, schlief wenige Minuten, und immer pünktlich und in derselben Haltung erschien Jaime Manjarrés. Schließlich beschloß ich ihn anzusprechen. Ich erinnere mich nicht, was ich ihn bei dieser ersten Gelegenheit fragte. Ich erinnere mich auch nicht, was er antwortete. Ich weiß nur, daß wir uns auf Deck unterhielten und plötzlich die Sturzsee kam, diese verhängnisvolle See um 11 Uhr 55, und ich entsetzt aus dem Schlaf auffuhr und mich mit allen Kräften an das Bodennetz klammerte, um nicht über Bord zu gehen.

Doch vor Tagesanbruch verdunkelte sich der Himmel. Ich konnte nicht mehr schlafen, weil ich auch zum Schlafen zu erschöpft war. Mitten in der tiefen Dunkelheit konnte ich das Floßende nicht mehr sehen. Aber ich sah weiter in die Finsternis hinein, um sie zu durchdringen. Da sah ich an der äußersten Bordkante ganz deutlich Jaime Manjarrés in seiner Drillichuniform sitzen: blaue Hose und blaues Hemd, die Mütze leicht übers rechte Ohr gezogen, und trotz der Dunkelheit stand deutlich darauf zu lesen: A. R. C. CALDAS.

»Hallo«, sagte ich zu ihm, ohne zu erschrecken. Überzeugt, daß Jaime Manjarrés anwesend war. Ich war überzeugt, daß er immer dagewesen war.

Hätte es sich um einen Traum gehandelt, wäre er bedeutungslos. Ich weiß, daß ich vollkommen wach und klar bei Verstand war und das Pfeifen des Windes hörte und das Rauschen des Meeres über meinem Kopf. Ich hatte Hunger und Durst und zweifelte nicht im geringsten daran, daß Jaime Manjarrés mit mir auf dem Floß fuhr.

»Warum hast du auf dem Schiff nicht genügend Wasser getrunken?« fragte er.

»Weil wir schon Cartagena anliefen«, antwortete ich. »Ich lag mit Ramón Herrera auf dem Achterdeck.«

Es war keine Erscheinung. Ich hatte keine Angst. Mir kam es dumm vor, daß ich mich vorher auf dem Floß einsam gefühlt hatte und nicht wußte, daß noch ein anderer Seemann mit mir fuhr. »Warum hast du nichts gegessen?« fragte Jaime Manjarrés. Ich erinnere mich sehr genau, daß ich zu ihm sagte: »Weil sie mir nichts zu essen geben wollten. Ich habe sie um Äpfel und Eis gebeten, aber sie wollten mir nichts geben. Ich weiß nicht, wo sie alles versteckt hielten.«

Jaime Manjarrés erwiderte nichts. Einen Augenblick war er still. Dann zeigte er mir wieder, wo Cartagena lag. Ich folgte der Richtung seiner Hand und sah die Lichter des Hafens, die Bojen in der Bucht tanzten auf dem Wasser. »Wir kommen an«, sagte ich und sah nach wie vor aufmerksam auf die Leuchtfeuer im Hafen, ohne aufgeregt oder besonders froh zu sein, als käme ich nach einer ganz normalen Reise an. Ich bat Jaime Manjarrés, mir beim Rudern zu helfen, aber er war nicht mehr da. Er war verschwunden. Ich war allein auf dem Floß, und die Leuchtfeuer waren die ersten Strahlen der Sonne. Die ersten Strahlen meines dritten einsamen Tages auf dem Meer.

6. Kapitel
Ein Rettungsboot und eine Kannibaleninsel

Am Anfang zählte ich die Tage, indem ich die Ereignisse rekapitulierte: Der erste Tag, der achtundzwanzigste Februar, war der Tag des Unfalls. Der zweite der der Flugzeuge. Der dritte der verzweiflungsvollste von allen: Es passierte nichts Besonderes. Das Floß kam vom Wind getrieben voran. Ich hatte keine Kraft mehr zu rudern. Es wurde neblig, ich fror, und weil ich die Sonne nicht sah, verlor ich die Orientierung. An jenem Morgen hätte ich nicht zu bestimmen vermocht, woher die Flugzeuge kamen. Ein Floß hat weder Heck noch Bug. Es ist viereckig und bewegt sich manchmal seitlich, dreht sich unmerklich um sich selbst, und da es keine Anhaltspunkte gibt, weiß man nicht, ob man vorwärts oder rückwärts treibt. Das Meer ist auf allen Seiten gleich. Manchmal lehnte ich mich an die achtere Bordwand der Richtung entsprechend, in welcher das Floß trieb. Ich bedeckte mein Gesicht mit dem Hemd. Wenn ich mich aufrichtete, war das Floß in die Richtung getrieben, in der ich lag. Doch ich wußte weder, ob das Floß die Richtung geändert noch ob es sich selbst gedreht hatte. Etwas Ähnliches passierte mir nach dem dritten Tag mit der Zeit.

Um die Mittagsstunde beschloß ich zweierlei zu tun: erstens hängte ich einen Riemen an eins der Floßenden, um zu wissen, ob ich immer in der gleichen Richtung trieb. Zweitens zog ich mit meinen Schlüsseln für jeden vergangenen Tag einen Strich auf dem Bordrand und hielt das Datum fest. Ich zog den ersten Strich und schrieb die Zahl 28.

Ich zog den zweiten Strich und schrieb eine zweite

Zahl: 29. Am dritten Tag setzte ich neben den dritten Strich die Zahl 30. Das war der zweite Irrtum. Ich dachte, es wäre der dreißigste, in Wirklichkeit war es aber der zweite März. Darauf kam ich erst am vierten Tag, als ich unsicher war, ob der zu Ende gegangene Monat dreißig oder einunddreißig Tage hatte. Erst jetzt erinnerte ich mich daran, daß Februar gewesen war, und wenn es heute auch albern scheint, jener Irrtum brachte mein Zeitgefühl durcheinander. Am vierten Tag war ich mir nicht mehr sicher, ob ich die Tage, die ich im Floß verbracht hatte, richtig gezählt hatte. Waren es drei? Waren es vier? Waren es fünf? Den Strichen nach, egal ob Februar oder März, waren drei Tage vergangen. Doch war ich mir nicht sicher, ebensowenig wie darüber, ob das Floß voraus oder achteraus trieb. Ich zog es vor, die Dinge auf sich beruhen zu lassen, um neue Verwirrungen zu vermeiden, und ich verlor endgültig die Hoffnung, gerettet zu werden.

Ich hatte weder gegessen noch getrunken. Ich wollte nicht mehr nachdenken, es kostete mich Mühe, meine Gedanken zu ordnen. Die von der Sonne versengte, blasenbedeckte Haut brannte furchtbar. Auf dem Marinestützpunkt hatte der Instrukteur darauf hingewiesen, unter keinen Umständen die Lungen den Sonnenstrahlen auszusetzen. Das war eine meiner Sorgen. Ich hatte das immer feuchte Hemd ausgezogen und es am Gürtel festgebunden, weil es mir auf der Haut unangenehm war. Da ich seit vier Tagen an Durst litt, es mir physisch unmöglich war durchzuatmen und ich einen tiefen Schmerz in der Kehle, in der Brust und unter den Schlüsselbeinen spürte, trank ich am vierten Tag etwas Salzwasser. Dieses Wasser stillt nicht den Durst, aber es erfrischt. Ich hatte so lange gezögert es zu trinken, weil ich wußte, daß ich beim zweiten Mal nur eine geringere Menge zu mir nehmen durfte, und zwar erst viele Stunden später.

Jeden Tag kamen mit erstaunlicher Pünktlichkeit um fünf Uhr die Haie. Dann gab es rings um das Floß ein Gelage. Riesige Fische sprangen aus dem Wasser heraus und wenige Augenblicke danach tauchten sie zerstückelt wieder auf. Die wahnsinnig gewordenen Haie stürzten lautlos an die blutige Oberfläche. Noch hatten sie nicht versucht, das Floß zu zerfetzen, aber seine weiße Farbe zog sie an. Es ist bekannt, daß Haie mit Vorliebe weiße Gegenstände angreifen. Der Hai ist kurzsichtig, so daß er nur weiße oder leuchtende Gegenstände erkennen kann. Eine weitere Empfehlung des Instrukteurs lautete:

»Man muß leuchtende Gegenstände verstecken, um nicht die Aufmerksamkeit der Haie zu erregen.«

Ich hatte keine leuchtenden Gegenstände bei mir. Sogar das Zifferblatt meiner Uhr war dunkel. Ich hätte mich allerdings sicherer gefühlt, wenn ich weiße Gegenstände gehabt hätte, um sie vom Floß aus weit ins Wasser werfen zu können, falls die Haie versucht hätten, über die Bordwand zu springen. Vom vierten Tag an hielt ich ab fünf Uhr nachmittags für alle Fälle immer einen Riemen zu meiner Verteidigung bereit.

Schiff in Sicht!

Während der Nacht legte ich einen Riemen quer über das Floß und versuchte zu schlafen. Ich weiß nicht, ob es nur geschah, wenn ich schlief oder auch wenn ich wach war, doch jede Nacht sah ich Jaime Manjarrés. Wir unterhielten uns wenige Minuten über irgend etwas, dann verschwand er. Ich hatte mich an seine Besuche gewöhnt. Wenn die Sonne aufging, vermutete ich, daß es Halluzinationen seien. Doch nachts gab es für mich nicht den geringsten Zweifel, daß Jaime Manjarrés anwesend war, an der Bordwand, und mit mir sprach. Auch er versuchte im Morgengrauen des fünften Tages zu schlafen. An den anderen Riemen gelehnt nickte er schweigend. Plötzlich spähte er über das Meer und sagte:

»Schau!«

Ich hob den Blick. Etwa dreißig Kilometer vom Floß entfernt fuhr in Windrichtung ein Schiff, unverwechselbar sah ich immer wieder seine Positionslichter aufleuchten.

Seit Stunden hatte ich keine Kraft mehr zu rudern. Doch als ich die Lichter sah, richtete ich mich im Floß auf, ruderte angestrengt und versuchte mich auf das Schiff zuzubewegen. Ich sah es langsam vorankommen, und eine Sekunde lang sah ich, wie sich nicht nur die Dampferlaternen, sondern auch die Schatten der Masten im ersten Morgenglanz vorwärts bewegten.

Der Wind leistete mir starken Widerstand. Obwohl ich verzweifelt ruderte, mit einer Kraft, die nach mehr als vier Tagen, ohne zu essen und zu trinken, nicht mehr die meine war, glaube ich, gelang es mir nicht, das Floß auch nur einen einzigen Meter von der Richtung abzubringen, in die der Wind es zwang.

Die Lichter entfernten sich immer mehr, mir brach der Schweiß aus. Ich fühlte mich am Ende. Nach zwanzig Minuten waren die Lichter vollkommen verschwunden. Die Sterne begannen zu verlöschen, und der Himmel färbte sich tiefgrau. Untröstlich, mitten im Meer, ließ ich die Riemen los und schrie, gepeitscht vom eisigen Morgenwind, minutenlang wie ein Wahnsinniger.

Als die Sonne aufging, lag ich wieder gegen den Riemen gelehnt. Ich fühlte mich vollkommen ausgelaugt. Ich erwartete nun überhaupt keine Rettung mehr und wollte nur noch sterben. Aber gleichzeitig widerfuhr mir etwas Seltsames. Ich dachte sofort an eine Gefahr. Dieser Gedanke gab mir neue Kraft.

Am Morgen des fünften Tages war ich entschlossen, die Richtung des Floßes auf irgendeine Art zu ändern. Mir fiel ein, daß wenn ich in Windrichtung weiterfuhr, ich zu einer von Kannibalen bewohnten Insel gelangen würde. In Mobile hatte ich in einer Zeitschrift, deren Namen ich vergessen habe, den Bericht über einen Schiffbrüchigen gelesen, der von Menschenfressern verschlungen worden war. Doch an diesen Bericht dachte ich nicht. Ich dachte an ›Der abtrünnige Matrose‹, ein Buch, das ich vor zwei Jahren in Bogotá gelesen hatte. Das ist die Geschichte eines Matrosen, der im Krieg, nachdem sein Schiff auf eine Mine gelaufen ist, bis zu einer nahen Insel schwimmen kann. Dort bleibt er vierundzwanzig Stunden und ernährt sich von Waldfrüchten, bis die Kannibalen ihn entdecken, ihn in einen Topf mit kochendem Wasser werfen und bei lebendigem Leib gar kochen. Ich begann sofort an diese Insel zu denken. Schon konnte ich mir die Küste nur noch als ein von Kannibalen bevölkertes Gebiet vorstellen. Zum ersten Mal während meiner fünftägigen Einsamkeit auf dem Meer änderte sich die Perspektive meines Entsetzens: Nun hatte ich weniger Angst vor dem Meer als vor dem Land.

Um die Mittagsstunde lag ich an die Bordwand gelehnt, betäubt von Sonne, von Hunger und Durst. Ich dachte an nichts. Ich hatte kein Gefühl mehr für Zeit oder Richtung. Ich versuchte aufzustehen, um meine Kräfte zu erproben, und merkte, daß mein Körper mir nicht mehr gehorchte.

»Das ist der Augenblick«, dachte ich. Und tatsächlich schien mir, als sei dies der furchtbarste aller Augenblicke, den uns der Instrukteur erklärt hatte: der Augenblick, in dem man sich ans Floß festbindet. Es gibt einen Zeitpunkt, von dem ab man weder Durst noch Hunger spürt. Den Augenblick, in dem man auch nicht mehr die erbarmungslosen Bisse der Sonne auf der blasenbedeckten Haut spürt. Man denkt nicht. Man nimmt keine Gefühle mehr wahr. Aber noch immer hat man die Hoffnung nicht verloren. Noch bleiben einem als letzte Zuflucht die Leinen des Bodennetzes, die man losmacht, um sich am Floß festzubinden. Während des Krieges wurden viele Leichname so gefunden, verwest und von Vögeln zerhackt, jedoch fest ans Floß gebunden.

Ich dachte, meine Kräfte würden bis zum Einbruch der Nacht reichen, ohne daß ich mich anbinden mußte. Ich rollte ans Ende des Floßes, streckte die Beine aus und blieb, bis zum Hals untergetaucht, mehrere Stunden liegen. Sobald sie mit der Sonne in Berührung kam, schmerzte meine Kniewunde. Mir war, als wachte ich auf. Und als habe mir dieser Schmerz ein neues Bewußtsein von Leben gegeben. Bei der Berührung mit dem frischen Wasser gewann ich nach und nach meine Kräfte wieder. Dann bekam ich Magenkrämpfe und mein Bauch regte sich, aufgerührt von anhaltendem tiefen Grollen. Ich versuchte, es auszuhalten, aber das war unmöglich.

Mit viel Mühe richtete ich mich auf, öffnete den Gürtel, zog die Hose herunter und empfand große Erleichterung bei der Darmentleerung. Es war das erste Mal seit fünf Tagen. Und zum ersten Mal seit fünf Tagen schlugen die Fische verzweifelt gegen die Bordwand und versuchten, die festen Hanfleinen zu zerreißen.

Sieben Möwen

Der Anblick der glänzenden nahen Fische weckte meinen Hunger wieder. Zum ersten Mal war ich wirklich verzweifelt. Wenigstens hatte ich jetzt einen Köder. Ich vergaß meine Schwäche, griff einen Riemen und bereitete mich darauf vor, meine letzten Spuren von Kraft in einem zielsicheren Schlag auf den Kopf von einem der Fische zu erschöpfen, die in wütender Rauferei an die Bordwand sprangen. Ich weiß nicht, wie viele Male ich mit dem Riemen zuschlug. Ich merkte, daß jeder Hieb traf, aber ich suchte die Beute vergeblich. Ein schrecklicher Festschmaus einander verschlingender Fische spielte sich ab, und ein mit dem Bauch nach oben schwimmender Hai zog seinen saftigen Nutzen aus dem aufgewühlten Wasser.

Die Anwesenheit des Hais zwang mich, mein Vorhaben aufzugeben. Enttäuscht ließ ich den Riemen los und lehnte mich wieder an die Bordwand. Wenige Minuten später empfand ich schreckliche Freude: über das Floß flogen sieben Möwen.

Für einen hungrigen, einsamen Seemann auf dem Meer ist die Gegenwart von Möwen eine Botschaft der Hoffnung. Gewöhnlich begleitet ein Möwenschwarm Schiffe, doch nur bis zum zweiten Tag der Reise. Sieben Möwen über dem Floß bedeuteten die Nähe von Land.

Hätte ich Kraft gehabt, ich wäre losgerudert. Aber ich war erschöpft. Ich konnte mich kaum einige Minuten auf den Beinen halten. Überzeugt, daß ich weniger als zwei Tagesreisen von der Küste entfernt war und mich dem Land näherte, trank ich etwas Wasser aus der hohlen Hand und legte mich wieder an die Bordwand, mit dem Gesicht zum Himmel, damit die Sonne mir nicht auf die Lungen brannte. Ich bedeckte mein Gesicht nicht mit dem Hemd, weil ich die Möwen verfolgen wollte, die langsam in spitzem Winkel auf den Horizont zuflogen. Es war ein Uhr nachmittags an meinem fünften Tag auf dem Meer.

Ich weiß nicht, in welchem Augenblick es war. Ich lag an die Floßwand gelehnt, gegen fünf Uhr nachmittags, und wollte gerade ins Floßinnere hinuntergleiten, bevor die Haie kamen. Da sah ich eine kleine Möwe von der Größe meiner Hand etwa, die ums Floß flog und sich für kurze Zeit auf dem äußersten Bordrand niederließ.

Mein Mund füllte sich mit eiskaltem Speichel. Ich wußte nicht, wie ich die Möwe fangen sollte. Ich hatte kein Gerät, außer meinen Händen und meiner vom Hunger geschärften Arglist. Die anderen Möwen waren verschwunden. Nur diese kleine kaffeefarbene Möwe mit glänzenden Flügeln, die auf dem Bordrand herumhüpfte, blieb.

Ich rührte mich nicht. Ich glaubte, an der Schulter die Schneide der Flosse des pünktlichen Haifischs zu spüren, der seit fünf Uhr anwesend sein mußte. Doch ich beschloß, das Risiko auf mich zu nehmen. Ich wagte nicht einmal, die Möwe anzusehen, damit sie die Bewegung meines Kopfes nicht bemerkte. Ich sah sie ganz niedrig über meinen Körper fliegen. Ich sah sie sich entfernen und im Himmel verschwinden. Aber ich verlor die Hoffnung nicht. Mir fiel nicht ein, wie ich sie erlegen sollte. Ich wußte, daß ich Hunger hatte und die Möwe, wenn ich vollkommen regungslos verharrte, in Reichweite meiner Hand gelangen würde.

Ich glaube, ich wartete noch eine halbe Stunde. Ich sah sie mehrmals auftauchen und verschwinden. Es gab einen Augenblick, da ich neben meinem Kopf das Flossenschlagen eines Hais, der einen Fisch zerfetzte, zu spüren glaubte. Doch ich hatte mehr Hunger als Angst. Die Möwe hüpfte auf dem Floßrand herum. Es war am Abend meines fünften Tages auf dem Meer. Fünf Tage ohne zu essen. Trotz meiner Erregung, trotz meines in der Brust hämmernden Herzens verharrte ich unbeweglich wie ein Toter, während ich die Möwe näher kommen fühlte.

Ich lag an der Bordwand ausgestreckt, die Hände auf den Schenkeln. Ich bin sicher, daß ich eine halbe Stunde lang nicht einmal zu blinzeln wagte. Der Himmel leuchtete und mißhandelte meine Augen, doch ich wagte nicht, sie in diesem Moment der Anspannung zu schließen. Die Möwe pickte an meinen Schuhen.

Eine lange fieberhafte halbe Stunde war vergangen, als ich spürte, wie die Möwe auf meinem Bein stehenblieb. Sanft pickte sie an meiner Hose. Ich blieb vollkommen regungslos, als sie einmal trocken und hart an meinem Knie pickte. Ich war drauf und dran, wegen meiner Wunde aufzuspringen, aber es gelang mir, den Schmerz zu ertragen. Dann hüpfte sie auf meinen rechten Schenkel, fünf oder sechs Zentimeter von meiner Hand entfernt. Ich hielt den Atem an und begann unmerklich, unter verzweifelter Anspannung, die Hand auszustrecken.

7. Kapitel
Die verzweifelten Listen eines Ausgehungerten

Wenn jemand sich irgendwohin legt, in der Hoffnung, eine Möwe zu fangen, so kann er dort erfolglos sein ganzes Leben verbringen. Aber hundert Seemeilen von der Küste entfernt ist das anders. Möwen haben an Land einen ausgeprägten Selbsterhaltungstrieb. Auf dem Meer sind sie zutrauliche Tiere.

Ich verhielt mich so regungslos, daß diese kleine verspielte Möwe, die sich auf meinem Bein niedergelassen hatte, vermutlich glaubte, ich sei tot. Ich beobachtete sie auf meinem Schenkel. Sie pickte an meiner Hose, ohne mir weh zu tun. Meine Hand glitt weiter. Plötzlich, in dem Augenblick, in dem die Möwe Gefahr witterte und auffliegen wollte, packte ich sie an einem Flügel, sprang ins Innere des Floßes und machte mich daran, sie zu verschlingen.

Als ich hoffte, sie würde sich auf meinen Schenkel setzen, war ich sicher, daß ich sie, sollte es mir gelingen, sie zu fangen, lebend, ohne ihr erst noch die Federn auszurupfen, essen würde. Ich war ausgehungert, und selbst der Gedanke an das Tierblut steigerte meinen Durst. Aber als ich sie in den Händen hielt, als ich das Beben ihres warmen Körpers fühlte, als ich ihre runden, glänzenden braunen Augen sah, zögerte ich eine Sekunde.

Ich hatte einmal mit einem Karabiner an Deck gestanden, um eine der Möwen zu schießen, die dem Schiff folgten. Der Waffenmaat des Zerstörers, ein erfahrener Seemann, sagte: »Sei nicht gemein. Für den Seemann ist die Möwe wie Land in Sicht. Es ist eines Seemanns unwürdig, Möwen zu töten.« Ich erinnerte mich an diese Begebenheit, an die Worte des Waffenmaats, als ich im Floß mit der gefangenen Möwe saß, bereit, sie zu töten und zu zerreißen. Obwohl ich fünf Tage nichts gegessen hatte, hallten die Worte des Waffenmaats in meinen Ohren wider, als hörte ich sie gerade. Doch der Hunger war in diesem Augenblick stärker als alles andere. Fest packte ich den Kopf des Tieres und drehte ihm wie einem Huhn den Hals um.

Es war ein ganz zartes Tier. Bei der ersten Drehung fühlte ich, wie seine Halswirbel knackten. Bei der zweiten Drehung fühlte ich, wie sein lebendiges warmes Blut zwischen meinen Fingern hindurchrann. Ich empfand Mitleid. Mir kam dies vor wie Mord. Der noch zitternde Kopf löste sich vom Körper und pochte weiter in meiner Hand.

Der Blutstrahl im Floß reizte die Fische. Der weißglänzende Bauch eines Hais streifte die Bordwand. In solch einem Augenblick kann ein durch den Blutgeruch rasend werdender Hai mit einem Biß eine Stahlklinge durchtrennen. Da sein Maul an der Unterseite des Kopfes ist, muß er sich beim Fressen umdrehen. Und weil er kurzsichtig ist, reißt er beim Drehen des Bauchs alles mit sich, was ihm im Weg ist. Ich hatte den Eindruck, daß der Hai in diesem Augenblick das Floß anzufallen versuchte. Entsetzt warf ich ihm den Möwenkopf zu und sah wenige Zentimeter von der Bordwand das unheimliche Geraufe der riesigen Tiere, die sich um einen Möwenkopf, kleiner als ein Ei, rissen.

Das erste was ich tat, war, den Vogel zu rupfen. Er war so leicht und seine Knochen waren so zerbrechlich, daß man sie mit den Fingern zerdrücken konnte. Ich versuchte ihm die Federn auszureißen, aber sie hafteten so fest an der zarten weißen Haut, daß das Fleisch sich mitsamt den blutigen Federn löste. Die schwarze schleimige Substanz in meinen Fingern verursachte mir Ekel.

Es ist leicht gesagt, man sei nach fünf Tagen Hunger imstande, was auch immer zu essen. Man kann noch so hungrig sein, man empfindet doch Widerwillen vor einem Gemisch aus Federn und warmem Blut, das aufdringlich nach rohem Fisch und Krätze riecht.

Anfangs versuchte ich, die Möwe behutsam und einigermaßen methodisch zu rupfen. Aber ich hatte nicht mit der Zartheit ihrer Haut gerechnet. Während ich ihr die Federn ausriß, löste sie sich langsam in meinen Händen auf. Ich wusch sie im Floß. Mit einem einzigen Ruck riß ich sie auseinander, aber der Anblick ihrer rosafarbenen Eingeweide, ihres bläulichen Gedärms, drehte mir den Magen um. Ich steckte mir ein Stückchen Schenkel in den Mund, konnte es aber nicht hinunterschlucken. Einfach deshalb, weil es mir vorkam, als kaute ich einen Frosch. Ohne meinen Ekel unterdrücken zu können, spuckte ich das Stück aus und bewegte mich eine ganze Weile nicht, während ich die widerwärtige Masse aus blutigen Federn und Knochen in der Hand hielt.

Als erstes fiel mir ein, daß mir als Köder dienen könnte, was ich nicht essen konnte. Aber ich hatte keine Fischereigeräte. Hätte ich wenigstens eine Nadel zur Hand gehabt. Ein Stück Draht. Aber ich besaß nichts anderes als die Schlüssel, die Uhr, den Ring und die drei Werbezettel aus dem Laden in Mobile.

Ich dachte an meinen Gürtel. Ich dachte, ich könnte aus der Schnalle einen Behelfsangelhaken machen. Aber meine Anstrengungen waren vergeblich. Es war unmöglich, aus dem Gürtel einen Angelhaken zu improvisieren. Es dunkelte, und die vom Blutgeruch wahnsinnigen Fische sprangen rings um das Floß hoch. Als es vollkommen dunkel geworden war, warf ich die Überreste der Möwe ins Wasser und legte mich zum Sterben nieder. Während ich den Riemen herrichtete, um mich niederzulegen, hörte ich den stummen

Krieg der Tiere, die sich um die Knochen rissen, die ich nicht hatte essen können.

Ich glaubte, daß ich in dieser Nacht vor Erschöpfung und Verzweiflung sterben würde. Zuerst kam starker Wind auf. Das Floß schaukelte, und ohne auch nur daran zu denken, mich vorsichtshalber an den Leinen festzubinden, lag ich, nur Kopf und Füße draußen, erschöpft im Wasser.

Doch nach Mitternacht trat ein Wechsel ein: Der Mond ging auf. Und zwar zum ersten Mal seit dem Unglückstag. Im blauen Licht gewann die Meeresoberfläche ein gespenstisches Aussehen. In dieser Nacht kam Jaime Manjarrés nicht. Ich war allein, verzweifelt in der Tiefe des Floßes meinem Schicksal ausgeliefert.

Trotzdem passierte jedesmal, wenn mein Mut sank, etwas, das meine Hoffnung wiederaufleben ließ. In dieser Nacht war es der Widerschein des Mondes auf den Wellen. Die See war aufgerauht, und auf jeder Welle glaubte ich das Licht eines Schiffes zu sehen. Seit zwei Nächten hatte ich die Hoffnung verloren, daß ein Schiff mich retten würde. Trotzdem suchte ich in der vom Mondlicht durchsichtigen langen Nacht – meiner sechsten Nacht auf dem Meer – verzweifelt den Horizont ab, mit fast so viel Inbrunst und Glauben wie in der ersten. Würde ich mich heute in der gleichen Situation befinden, ich würde vor Verzweiflung sterben: Heute weiß ich, daß der Kurs, dem das Floß folgte, keiner Schiffahrtsroute entsprach.

Ich war ein Toter

Ich erinnere mich nicht an den Anbruch des sechsten Tages. Ich habe eine nebelhafte Vorstellung davon, daß ich während des ganzen Vormittags in der Tiefe des

Floßes lag, zwischen Leben und Tod. Ich dachte in diesen Augenblicken an meine Familie und sah sie so, wie sie Berichten zufolge, während der Tage meines Verschwundenseins gelebt hatte. Mich hat die Nachricht, daß sie eine Totenfeier für mich veranstalteten, nicht überrascht. An jenem, meinem sechsten Vormittag in der Meereseinsamkeit dachte ich daran. Ich wußte, daß die Nachricht von meinem Verschwinden meiner Familie mitgeteilt worden war. Da die Flugzeuge nicht zurückgekehrt waren, wußte ich, daß sie die Suche aufgegeben und mich für tot erklärt hatten.

Nichts davon war bis zu einem gewissen Punkt falsch. Ich versuchte jeden Augenblick durchzustehen. Immer entdeckte ich ein Hilfsmittel um zu überleben, einen noch so unbedeutenden Anhaltspunkt, um weiter zu hoffen. Doch am sechsten Tag hoffte ich nicht mehr. Ich war ein Toter im Floß.

Am Nachmittag, bei dem Gedanken, daß es bald fünf Uhr sein würde und die Haie wiederkämen, machte ich eine verzweifelte Anstrengung, um mich aufzurichten und an die Bordwand anzubinden. Zwei Jahre zuvor hatte ich in Cartagena am Strand die Reste eines von einem Hai zerfetzten Menschen gesehen. So wollte ich nicht sterben. Ich wollte nicht von einer Meute unersättlicher Tiere in Stücke gerissen werden.

Es war fast fünf Uhr. Pünktlich kamen die Haie und umkreisten das Floß. Mühsam richtete ich mich auf, um die Halteleinen zu lösen. Der Nachmittag war frisch. Das Meer ruhig. Ich fühlte mich leicht gestärkt. Mit einemmal sah ich wieder die sieben Möwen vom Vortag, und dieser Anblick spornte meinen Willen zu leben an.

Ich hätte in diesem Augenblick sonstwas gegessen. Der Hunger machte mir Beschwerden. Doch schlimmer war der Schmerz im wunden Hals und die mangels Bewegung verkrampften Kiefer. Ich mußte etwas kauen. Ich versuchte, Streifen von meinen Gummisohlen abzureißen. Ich besaß nichts, womit ich sie abschneiden konnte. Dann erinnerte ich mich an die Werbezettel aus dem Laden in Mobile.

Sie waren in einer meiner Hosentaschen, von der Feuchtigkeit fast aufgelöst. Ich zerriß sie, führte sie zum Mund und begann zu kauen. Es war wie ein Wunder: Ich fühlte Erleichterung in der Kehle, und mein Mund füllte sich mit Speichel. Langsam kaute ich weiter wie auf Kaugummi. Beim ersten Biß taten mir die Kiefer weh. Dann aber, je länger ich auf den Werbezetteln kaute, die ich seit jenem Einkaufstag mit Mary Address aus einem unerfindlichen Grund aufbewahrt hatte, fühlte ich mich gestärkt und optimistisch. Ich gedachte, sie endlos lange zu kauen, um den Kieferschmerz zu lindern. Sie ins Meer zu werfen, wäre mir wie Verschwendung vorgekommen. Ich fühlte den winzigen Breikloß aus gemahlener Pappe in meinen Magen sinken, und von diesem Augenblick an hatte ich das Empfinden, daß ich gerettet und nicht von den Haien zerfetzt werden würde.

Wonach schmecken Schuhe?

Die Erleichterung, die ich den Werbezetteln verdankte, schärfte meine Einbildungskraft auf der Suche nach Eßbarem. Hätte ich ein Taschenmesser gehabt, ich hätte meine Schuhe zerschnitten und Gummistreifen gekaut. Das war das Herausforderndste, was in Reichweite vorhanden war. Mit meinen Schlüsseln versuchte ich, die saubere weiße Sohle abzutrennen, doch meine Bemühungen blieben vergeblich. Es war unmöglich, einen Streifen dieses fest am Stoff haftenden Gummis abzureißen.

Verzweifelt biß ich auf meinen Gürtel, bis mir die

Zähne weh taten. Nicht einen einzigen Bissen konnte ich losreißen. In diesem Augenblick mußte ich einem Raubtier gleichen, wie ich so versuchte, mit den Zähnen Stücke von den Schuhen, vom Gürtel, vom Hemd abzureißen. Bei Einbruch der Nacht zog ich mir das völlig nasse Zeug aus. Ich blieb in Unterhosen sitzen. Ich weiß nicht, ob ich es den Werbezetteln verdankte, doch fast unmittelbar darauf schlief ich ein. In meiner siebenten Nacht, vielleicht weil ich schon an die Unbequemlichkeit im Floß gewöhnt, vielleicht weil ich nach sieben durchwachten Nächten erschöpft war, schlief ich viele Stunden lang fest. Manchmal weckte mich der Seegang; verstört fuhr ich auf und glaubte, eine See würde mich ins Wasser reißen. Doch gleich darauf sank ich wieder in Schlaf.

Endlich brach mein siebenter Tag auf dem Meer an. Ich weiß nicht, warum ich sicher war, daß es nicht der letzte sein würde. Das Meer war ruhig und trübe, und als die Sonne gegen acht Uhr morgens aufging, fühlte ich mich durch den guten Schlaf der vergangenen Nacht erholt. Am bleigrauen niedrigen Himmel flogen die sieben Möwen über das Floß.

Zwei Tage zuvor hatte ich beim Anblick der sieben Möwen große Freude empfunden. Als ich sie aber zum dritten Mal sah, nachdem ich sie an zwei aufeinanderfolgenden Tagen gesehen hatte, fühlte ich den Schrekken wiederkehren. Es sind sieben verirrte Möwen, dachte ich. Ich dachte es voll Verzweiflung. Jeder Seemann weiß, daß ein Möwenschwarm sich manchmal auf dem Meer verirrt und mehrere Tage richtungslos herumfliegt, bis ein Schiff ihm wieder die Richtung zum Hafen weist. Vielleicht waren die Möwen, die ich drei Tage lang gesehen hatte, immer dieselben, die sich auf dem Meer verirrt hatten. Das bedeutete, daß mein Floß sich ständig weiter vom Land entfernte.

8. Kapitel
Mein Kampf mit den Haien um einen Fisch

Der Gedanke, daß ich, anstatt mich der Küste zu nähern, im Verlauf von sieben Tagen immer weiter ins offene Meer getrieben war, brachte meinen Entschluß weiterzukämpfen, zur Strecke. Fühlt man sich jedoch am Rande des Todes, festigt sich der Selbsterhaltungstrieb wieder. Aus mehreren Gründen unterschied sich jener Tag – mein siebter Tag – sehr von den vorherigen: Das Meer war wieder ruhig und dunkel; die Sonne wärmte mir die Haut, sie war lau und besänftigend, und eine leichte Brise trieb das Floß langsam voran und linderte ein wenig meine Verbrennungen.

Auch die Fische waren anders. Schon sehr früh begleiteten sie das Floß. Sie schwammen an der Oberfläche. Ich sah sie deutlich: blaue, braune und rote Fische. Es gab alle Farben, alle Formen und Größen. Mit ihnen schwimmend, schien das Floß auf einem Aquarium dahinzugleiten.

Ich weiß nicht, ob man sich nach sieben Tagen ohne zu essen im Meer treibend, schließlich an dieses Leben gewöhnt. Anscheinend ja. Die Verzweiflung des vorangegangenen Tages wurde ersetzt durch zähe, zwecklose Resignation. Ich war sicher, daß alles sich geändert hatte, daß Meer und Himmel aufgehört hatten, feindlich zu sein, und daß die Fische, die meine Reise begleiteten, freundliche Fische waren. Seit sieben Tagen meine alten Bekannten.

An diesem Morgen dachte ich nicht, noch irgendwo anzukommen. Ich war sicher, daß das Floß in eine Gegend ohne Schiffe gelangt war, in der sich sogar Möwen verirrten.

Ich dachte aber, daß ich mich, nachdem ich sieben

Tage lang getrieben war, schließlich an die See gewöhnen würde, an meine angstvolle Lebensweise, doch ohne mir, um zu überleben, das Gehirn zermartern zu müssen. Letzten Endes hatte ich eine Woche lang überlebt, gegen Wind und Seegang. Warum sollte ich nicht endlos in einem Floß weiterleben? Die Fische schwammen an der Oberfläche, das Meer war klar und ruhig. Es gab so viele schöne und verlockende Tiere rings um mein Fahrzeug, daß es mir vorkam, als könnte ich jede Menge von ihnen zu fassen bekommen. Kein Hai war in Sicht. Zuversichtlich streckte ich die Hand ins Wasser und versuchte, einen runden Fisch, blauglänzend und nicht länger als zwanzig Zentimeter, zu fangen. Es war, als hätte ich einen Stein ins Wasser geworfen. Alle Fische stürzten in die Tiefe. Sie verschwanden im augenblicklich aufgewühlten Wasser. Später kehrten sie nach und nach an die Oberfläche zurück.

Ich dachte, man müsse mit einiger Arglist vorgehen, um mit der Hand zu fischen. Unter Wasser hat die Hand weder dieselbe Kraft noch dieselbe Geschicklichkeit. Ich wählte einen Fisch unter den vielen aus. Ich versuchte ihn zu fangen. Und in der Tat, ich fing ihn. Doch ich fühlte, wie er meinen Fingern mit einer Geschwindigkeit und Behendigkeit entschlüpfte, die mich aus der Fassung brachte. So saß ich geduldig und ohne Eile da, und versuchte, einen Fisch zu fangen. Ich dachte nicht an den Hai, der vielleicht in der Tiefe darauf lauerte, daß ich den Arm bis zum Ellbogen eintauchte, damit er ihn mir mit einem gezielten Biß abreißen konnte. Bis kurz nach zehn war ich mit der Aufgabe beschäftigt, einen Fisch zu fangen. Aber es war nutzlos. Sie bissen mir in die Finger. Zuerst leicht, als ob sie einen Köder umspielten. Dann kräftiger. Ein Fisch von einem halben Meter Länge, glatt und silbern mit kleinen scharfen Zähnen, riß mir die Daumenhaut ab. Da merkte ich, daß die Bisse der anderen Fische nicht harmlos gewesen waren. An allen Fingern hatte ich kleine blutende Risse.

Ein Hai im Floß!

Ich weiß nicht, ob es mein Blut war, doch eine Sekunde später brach rings um das Floß ein Aufruhr unter den Haien aus. Ich hatte nie so viele gesehen. Ich hatte sie nie ein Schauspiel von solcher Gefräßigkeit aufführen sehen. Sie sprangen wie Delphine, jagten und verschlangen Fische dicht an der Bordwand. Erschrocken setzte ich mich ins Floßinnere und sah dem Gemetzel zu.

Die Sache lief so gewalttätig ab, daß ich nicht merkte, in welchem Moment der Hai aus dem Wasser sprang, mächtig mit dem Schwanz ausschlug, und das Floß in weißer Gischt versank. Inmitten der überschäumenden Welle, die über die Bordwand stieg, konnte ich gerade noch einen metallischen Blitz sehen. Instinktiv packte ich einen Riemen und wollte zum Todesschlag ausholen: Ich war überzeugt, daß der Hai im Floß war. Doch sekundenschnell sah ich die riesige Flosse, die den Bordrand überragte, und machte mir klar, was geschehen war. Vom Hai verfolgt, war ein grünschillernder Fisch von etwa einem halben Meter Länge in das Floß gesprungen. Mit aller Kraft versetzte ich seinem Kopf den ersten Riemenschlag.

Es ist nicht leicht, einen Fisch in einem Floß zu töten. Bei jedem Schlag schwankte das Fahrzeug und drohte zu kentern. Es war ein unheimlich gefährlicher Augenblick. Ich brauchte alle meine Kräfte und einen klaren Kopf. Wenn ich die Schläge unbesonnen austeilte, konnte das Floß kippen. Ich wäre in die von heißhungrigen Haien aufgewühlte See gestürzt. Schlug ich jedoch nicht genau zu, würde mir die Beute entwischen. Ich schwebte zwischen Leben und Tod. Entweder ich fiel dem Schlund der Haie zum Opfer, oder ich bekam vier Pfund frischen Fisch, um meinen siebentägigen Hunger zu stillen.

Ich lehnte mich fest an die Bordwand und teilte den zweiten Schlag aus. Ich fühlte, wie das Holz der Riemen in die Knochen des Fischkopfs drang. Das Floß schwankte. Die Haie unter dem Floßboden tobten. Aber ich lehnte fest an der Bordwand. Als das Fahrzeug sein Gleichgewicht wiedergewonnen hatte, lebte der Fisch noch, mitten im Floß. Im Todeskampf vermag ein Fisch höher und weiter als sonst zu springen. Ich wußte, daß der dritte Schlag todsicher sein mußte, oder ich hätte meine Jagdbeute für immer verloren.

Mit einem Satz saß ich am Boden, um ihn so mit größerer Wahrscheinlichkeit einfangen zu können. Ich hätte ihn mit den Füßen, Knien und Zähnen festgehalten, wäre es nötig gewesen. Ich hockte sicher am Boden. Um keinen Fehlgriff zu tun und davon überzeugt, daß mein Leben von diesem Schlag abhing, ließ ich den Riemen mit aller Kraft niedersausen. Unter dem Anprall blieb das Tier regungslos liegen, und ein Faden dunklen Blutes färbte das Wasser im Floß.

Sogar ich roch das Blut. Und die Haie rochen es auch. In diesem Augenblick, mit vier Pfund Fisch in meinem Besitz, war ich zum ersten Mal vor Schreck gelähmt: wahnsinnig geworden vom Blutgeruch, stießen die Haie mit aller Kraft gegen den Floßboden. Das Fahrzeug schwankte. Ich wußte, daß es jeden Moment kentern konnte, es ging um Sekunden. Schneller als ein Blitzschlag wäre ich von den drei stahlharten Zahnreihen, die ein Hai im Maul hat, in Stücke gerissen worden.

Doch der Zwang des Hungers war stärker als alles. Ich klemmte den Fisch zwischen die Beine und widmete mich schwankend der schwierigen Aufgabe, das Floß im Gleichgewicht zu halten, sobald es von den Raubfischen einen neuen Stoß bekam. Das dauerte mehrere Minuten. Jedesmal, wenn das Fahrzeug wieder im Gleichgewicht war, schüttete ich das blutige Wasser über den Rand. Nach und nach wurde die Oberfläche wieder klar, und die Raubfische beruhigten sich. Doch ich mußte auf der Hut sein: Eine furchterregende Haifischflosse – die größte Flosse eines Hais oder irgendeines Fischs, die ich je in meinem Leben gesehen hatte – ragte mehr als einen Meter hoch über dem Bordrand auf. Er schwamm friedlich dahin, aber ich wußte, daß er, wenn er von neuem Blut roch, dem Floß einen Stoß versetzen würde, daß es kenterte. Mit großer Vorsicht schickte ich mich an, meinen Fisch auszunehmen.

Ein Tier von einem halben Meter Länge ist geschützt durch eine harte Schuppenhaut. Wenn man die Schuppen abzureißen versucht, merkt man, daß sie wie Stahlklingen am Fleisch kleben. Ich hatte nichts zum Schneiden. Ich versuchte, die Schuppen mit meinen Schlüsseln abzukratzen, aber es gelang mir nicht einmal, sie zu verschieben. Währenddessen fiel mir auf, daß ich noch nie so einen Fisch gesehen hatte. Er war leuchtend grün und dicht beschuppt. Schon als Kind hatte ich die Farbe grün mit Gift in Verbindung gebracht. Es klingt unglaublich, aber obwohl mir der Magen allein von der Aussicht auf einen Bissen frischen Fischs schmerzhaft klopfte, zögerte ich einen Augenblick bei der Vorstellung, daß dieses seltsame Tier giftig sein könne.

Mein armer Körper

Trotz allem ist der Hunger erträglich, wenn man keine Hoffnung hat, etwas zu essen zu finden. Aber nie war er so unerbittlich gewesen wie in dem Augenblick, da ich in der Tiefe des Floßes hockte und mich abmühte, das frische glänzende Fleisch mit meinen Schlüsseln abzureißen.

Nach wenigen Minuten begriff ich, daß ich mit größerer Gewalt vorgehen mußte, wenn ich meine Beute tatsächlich essen wollte. Ich stand auf, trat dem Fisch kräftig auf den Schwanz und trieb ihm ein Riemenende in die Kiemen. Er hatte einen dicken, widerstandsfähigen Schuppenpanzer. Mit den Riemen bohrend, gelang es mir schließlich, die Kiemen einzudrücken. Ich merkte, daß der Fisch noch nicht tot war. Ich versetzte ihm einen weiteren Schlag auf den Kopf. Dann plagte ich mich damit ab, ihm die harten Kiemen auszureißen, und wußte in diesem Augenblick nicht, ob das durch meine Finger rinnende Blut mein Blut oder das Blut des Fischs war. Meine Hände waren verletzt und meine Fingerspitzen rohes Fleisch.

Wieder erregte das Blut den Hunger der Haie. Es mag kaum glaubhaft klingen, aber in dem Augenblick, als ich ringsum die Wut der heißhungrigen Bestien und selbst Widerwillen gegen das blutende Fleisch empfand, war ich drauf und dran, den Fisch den Haien in den Rachen zu werfen, so wie ich es mit der Möwe getan hatte. Ich war verzweifelt und machtlos vor dem festen undurchdringlichen Fischleib.

Ich sah ihn mir genau an und suchte seine weichen Stellen. Schließlich fand ich unter den Kiemen eine Spalte; mit dem Finger begann ich, die Eingeweide herauszuziehen. Die Innereien eines Fischs sind weich und nachgiebig. Es heißt, wenn man einen Hai fest am Schwanz zieht, spuckt er Magen und Därme aus. In Cartagena habe ich am Schwanz aufgehängte Haie gesehen, denen eine riesige, dunkle und schleimige Masse von Eingeweiden zwischen den Kiefern heraushing.

Glücklicherweise waren die Eingeweide meines

Fischs so weich wie die der Haie. Im Handumdrehen zog ich sie mit dem Finger heraus. Es war ein Weibchen: zwischen den Eingeweiden befand sich der Rogen. Als der Fisch vollkommen ausgenommen war, biß ich hinein. Ich kam nicht durch den Schuppenpanzer. Doch beim zweiten Versuch biß ich mit neuer Kraft verzweifelt zu, bis mir die Kiefer weh taten. Dann gelang es mir, den ersten Bissen abzureißen, und ich fing an, das kalte, harte Fleisch zu kauen.

Ich kaute voll Ekel. Der Geruch von rohem Fisch hatte mir schon immer widerstanden. Aber sein Geschmack ist noch widerwärtiger: Er schmeckt entfernt nach rohen Palmfrüchten, nur fader und schleimiger. Niemals hat jemand einen lebendigen Fisch gegessen. Aber als ich nach sieben Tagen die erste Nahrung kaute, die ich in den Mund bekam, hatte ich zum ersten Mal in meinem Leben die widerwärtige Gewißheit, daß ich einen lebendigen Fisch verspeiste.

Das erste Stück verschaffte mir sofort Erleichterung. Ich biß wieder zu und kaute weiter. Einen Augenblick vorher hatte ich gedacht, ich sei imstande, einen ganzen Hai zu essen. Doch schon beim zweiten Bissen fühlte ich mich satt. Mein schrecklicher Siebentagehunger war in einer Sekunde gestillt. Ich fühlte mich wieder stark wie am ersten Tag.

Heute weiß ich, daß roher Fisch den Durst löscht. Vorher wußte ich es nicht, doch ich stellte fest, daß der Fisch nicht nur meinen Hunger, sondern auch meinen Durst gestillt hatte. Ich war befriedigt und optimistisch. Dazu hatte ich Nahrung für lange Zeit übrig, da ich dem Tier von einem halben Meter Länge nur zwei Bissen entrissen hatte.

Ich beschloß, den Fisch in mein Hemd zu wickeln und, um ihn frisch zu halten, unten ins Floß zu legen. Doch zuerst mußte ich ihn waschen. Zerstreut nahm ich ihn am Schwanz und tauchte ihn außerhalb der

Bordwand unter. Aber das Blut zwischen den Schuppen war geronnen. Ich mußte es abkratzen. Arglos tauchte ich ihn von neuem unter. Da kam der Angriff und das gewaltige Schlagen der Haikiefer. Ich hielt den Schwanz meines Fischs mit aller Kraft fest. Das Zerren des Raubfischs brachte mich aus dem Gleichgewicht. Ich schlug gegen die Bordwand, hielt mein Essen aber fest. Ich verteidigte es wie ein wildes Tier. Ich dachte in diesem Bruchteil einer Sekunde nicht daran, daß ein neuer Biß des Hais mir den Arm in Schulterhöhe abreißen könnte. Wieder zog ich mit allen Kräften, doch schon hielt ich nichts mehr in den Händen. Der Hai hatte mir meine Beute entwendet. Wütend, wahnsinnig vor Verzweiflung und Wut packte ich einen Riemen und schlug dem Hai, als er wieder am Bordrand auftauchte, furchtbar auf den Kopf. Der Raubfisch sprang in die Höhe, drehte sich wütend, zerbrach mit einem einzigen, kurzen, brutalen Biß die Hälfte des Riemens und verschluckte sie.

9. Kapitel
Die Farbe des Wassers beginnt sich zu verändern

Verzweifelt vor Wut schlug ich mit dem zerbrochenen Riemen weiter aufs Wasser ein. Ich mußte mich an den Haien rächen, die mir die einzige Nahrung, die ich besaß, aus den Händen gerissen hatten. An meinem siebten Tag auf dem Meer ging es auf fünf Uhr nachmittags zu. Jeden Augenblick würden die Haie in Massen auftauchen. Die beiden Bissen, die ich hatte essen können, hatten mich gestärkt, und der durch den Verlust des restlichen Fischs ausgelöste Zorn erregte eine seltsame Kampflust in mir. Es waren noch zwei Riemen im Boot. Ich dachte daran, den vom Biß des Hais abgebrochenen Riemen durch einen anderen zu ersetzen, um weiter gegen die Raubfische kämpfen zu können. Aber der Selbsterhaltungstrieb war stärker als aller Zorn: ich dachte, ich könnte die anderen Riemen verlieren und wußte nicht, wann ich sie brauchen würde.

Der Einbruch der Nacht kam wie an allen anderen Tagen. Aber die Nacht war dunkler. Die See war schwer. Regen drohte. Ich dachte, daß ich jeden Augenblick Trinkwasser bekommen würde und zog mir Schuhe und Hemd aus, um es auffangen zu können. So eine Nacht würde man an Land eine »Hundenacht« nennen. Auf See muß man sie eine »Hainacht« nennen.

Vor neun Uhr begann eisiger Wind aufzukommen. Ich versuchte ihm in der Tiefe des Floßes zu entkommen, aber vergeblich. Die Kälte drang mir bis in die Knochen. Ich mußte Hemd und Schuhe wieder anziehen und mich mit dem Gedanken abfinden, daß der Regen mich überraschen und ich keine Gefäße haben würde. Der Seegang war stärker als am Nachmittag des 28. Februar, dem Tag des Unglücks. Das Floß glich einer Nußschale auf der rauhen schmutzigen See. Ich konnte nicht schlafen. Ich war bis zum Hals im Wasser untergetaucht, denn die Luft wurde immer eisiger. Ich schlotterte. Einen Moment glaubte ich, daß ich die Kälte nicht aushalten könnte, und begann, gymnastische Übungen zu machen, um warm zu werden. Doch es war nutzlos. Ich fühlte mich sehr schwach. Ich mußte mich fest an den Bordrand klammern, um nicht von dem starken Seegang über Bord gespült zu werden. Den Kopf lehnte ich an den vom Hai zersplitterten Riemen. Die anderen Riemen lagen auf dem Grund des Floßes.

Vor Mitternacht nahm der Wind zu, der Himmel bedeckte sich und wurde dunkelgrau, die Luft war feucht, doch bisher war kein einziger Tropfen gefallen. Wenige Minuten nach zwölf Uhr nachts hob eine riesige See – so groß wie jene, die über das Deck des Zerstörers gegangen war – das Floß wie eine Bananenschale zuerst in die Höhe, daß es im Bruchteil einer Sekunde durchkenterte.

Ich merkte alles erst, als ich im Wasser nach oben schwamm wie am Nachmittag des Unglücks. Ich schwamm verzweifelt, kam an die Oberfläche und glaubte vor Schreck zu sterben: Ich sah das Floß nicht. Ich sah die riesigen schwarzen Seen über meinem Kopf und dachte an Luis Rengifo, einen bärenstarken Mann, einen guternährten tüchtigen Schwimmer, der das Floß aus zwei Metern Entfernung nicht erreicht hatte. Ich hatte die Orientierung verloren und suchte das Floß auf der falschen Seite. Hinter mir, in einem Meter Abstand, tauchte es an der Oberfläche auf, leicht und von den Wellen herumgestoßen. Ich erreichte es mit zwei Armstößen. Zwei Armstöße macht man in zwei Sekunden, diese Sekunden dauerten ewig. Ich war so erschrocken, daß ich mich mit einem Satz, keuchend und naß, in der Tiefe des Floßes wiederfand. Das Herz hämmerte in meiner Brust, und ich konnte nicht atmen.

Mein guter Stern

Es ließ sich nichts gegen mein Schicksal einwenden. Wäre das Floß um fünf Uhr nachmittags gekentert, die Haie hätten mich in Stücke gerissen. Aber um zwölf Uhr nachts sind die Tiere friedlich. Um so mehr, wenn das Meer aufgebracht ist.

Als ich mich wieder im Floß befand, hielt ich den Riemen, den der Hai zerbrochen hatte, fest umklammert. Der Vorfall hatte sich mit solcher Geschwindigkeit abgespielt, daß ich alle Bewegungen instinktiv gemacht hatte. Später erinnerte ich mich, daß mir der Riemen, als ich ins Wasser stürzte, auf den Kopf geschlagen war und ich ihn packen konnte, als ich in die Tiefe zu sinken begann. Es war der einzige Riemen, der im Floß blieb. Die beiden anderen hatte das Meer mitgenommen.

Um nicht auch noch dieses vom Hai zerfetzte Stück Holz zu verlieren, band ich es an einer der losen Leinen des Bodennetzes fest. Die See tobte weiter. Diesmal hatte ich noch Glück gehabt. Wenn das Floß noch einmal kenterte, würde ich es vielleicht nicht wieder erreichen können. Bei dieser Vorstellung öffnete ich meinen Gürtel und band mich damit an den Leinen des Bodennetzes fest.

Die Wellen schlugen weiter gegen die Bordwand. Das Floß tanzte auf dem trüben wilden Meer, aber ich war mit meinem Gürtel sicher am Bodennetz festgebunden. Auch der Riemen war sicher. Ich mühte mich, das Fahrzeug nicht noch einmal kentern zu lassen und dachte, daß ich um ein Haar Hemd und Schuhe verloren hätte. Wenn es nicht so kalt gewesen wäre, hätte beides auf dem Boden des Floßes gelegen, als es sich überschlug, und wäre mit den beiden Riemen ins Wasser gefallen.

Es ist ganz normal, daß ein Floß auf rauher See kentert. Es ist ein aus Kork hergestelltes, mit wasserdichter Leinwand überzogenes und mit weißer Farbe gestrichenes Seefahrzeug. Aber der Boden ist nicht fest, er hängt nur im Korkrand wie ein Korb. Auch wenn das Floß durchkentert, gewinnt der Boden unverzüglich seine normale Position zurück. Die wirkliche Gefahr besteht darin, das Floß zu verlieren. Ich dachte deshalb, solange ich an das Bodennetz angebunden wäre, könnte das Floß tausendmal durchkentern, ohne daß Gefahr bestand, es zu verlieren.

Das stimmte. Doch etwas hatte ich nicht bedacht: eine Viertelstunde nach dem ersten Kentern schlug das Floß einen zweiten spektakulären Purzelbaum. Erst fühlte ich mich in die eisige Luft gehoben und vom Sturm gepeitscht. Vor meinen Augen sah ich den Abgrund und begriff, nach welcher Seite das Floß kentern würde. Ich versuchte, zur anderen Seite gegenzusteuern, um das Gleichgewicht des Fahrzeugs herzustellen, doch daran hinderte mich der starke an das Bodennetz gebundene Ledergürtel. In einer Sekunde begriff ich, was los war: Das Floß war durchgekentert. Ich hing unten fest mit ihm vertäut. Ich war dabei zu ertrinken, und meine Hände suchten vergeblich die Gürtelschnalle, um sie zu öffnen.

Verzweifelt, doch bemüht, nicht den Kopf zu verlieren, versuchte ich die Schnalle zu öffnen. Ich wußte, daß mir nicht viel Zeit blieb: In guter körperlicher Verfassung kann ich mehr als achtzig Sekunden unter Wasser bleiben. Ich hatte zu atmen aufgehört, seit ich mich auf dem Grund des Floßes befand. Das war mindestens fünf Sekunden her. Meine Hand glitt über die Taille, und ich glaube, daß ich in weniger als einer Sekunde den Gürtel fand. In einer weiteren Sekunde fand ich die Schnalle. Sie war mit dem Bodennetz verbunden, so daß ich mich mit der anderen Hand vom Floß abstützen mußte, um den Druck abzuschwächen. Ich brauchte lange, bis ich eine Stelle fand, an der ich mich festklammern konnte. Sofort hakte ich mich mit der ganzen Kraft meines linken Armes fest. Die rechte Hand fand die Schnalle, orientierte sich blitzschnell und löste den Gürtel. Ich ließ die Schnalle auf, und ohne die Bordkante loszulassen, ließ ich mich wieder nach unten fallen, und im Bruchteil einer Sekunde fühlte ich mich vom Bodennetz befreit. Ich dachte, meine Lungen würden platzen. Mit aller Kraft klammerte ich mich mit beiden Händen an den Floßrand; ich hängte mich daran, noch immer ohne zu atmen. Unabsichtlich erreichte ich mit meinem Gewicht nichts anderes, als daß das Floß von neuem durchkenterte und ich wieder darunter war.

Ich schluckte Wasser. Die vom Durst zerfressene Kehle brannte furchtbar. Doch ich merkte es fast nicht. Wichtig war nur, das Floß nicht loszulassen. Es gelang mir, den Kopf aus dem Wasser zu strecken, ich schöpfte Luft. Ich hatte keine Kraft mehr. Ich glaubte zu schwach zu sein, um mich an Bord zu ziehen. Aber gleichzeitig hing ich schreckgebannt im Wasser, das wenige Stunden vorher die Haie verseucht hatten. Überzeugt davon, daß dieser Tag die letzte Anstrengung sein würde, die ich in meinem Leben zu machen hätte, nahm ich den letzten Rest von Energie zusammen, stemmte mich über die Bordkante und fiel erschöpft ins Floßinnere.

Ich weiß nicht, wie lange ich, das Gesicht dem Himmel zugekehrt, mit schmerzender Kehle und fiebrig pochenden rohen Fingerkuppen so lag. Ich weiß nur, daß mich gleichzeitig zweierlei beschäftigte: daß meine Lungen sich erholten und das Floß nicht wieder kenterte.

Die Sonne bei Tagesanbruch

So begann mein achter Tag auf dem Meer. Es war ein stürmischer Morgen. Hätte es geregnet, ich hätte keine Kraft mehr gehabt, das Wasser aufzufangen. Doch ich fühlte, daß der Regen mich gestärkt hätte. Kein Tropfen fiel, obwohl die Luftfeuchtigkeit den unmittelbar bevorstehenden Regen anzukündigen schien. Das Meer blieb auch bei Tagesanbruch kabbelig. Es beruhigte sich erst nach acht Uhr. Doch dann kam die Sonne, und der Himmel wurde wieder dunkelblau.

Völlig erschöpft beugte ich mich über den Bordrand und trank mehrere Schluck Wasser. Jetzt weiß ich, daß es dem Organismus wohltut. Doch damals wußte ich es nicht und nahm dazu nur Zuflucht, wenn der Schmerz im Hals mich zur Verzweiflung trieb. Wenn man sieben Tage kein Wasser getrunken hat, ist der Durst eine völlig andere Sinneswahrnehmung; er ist ein tiefer Schmerz in der Kehle, im Brustbein und besonders unter den Schlüsselbeinen. Er ist auch die Verzweiflung vor dem Ersticken. Das Meerwasser linderte den Schmerz.

Nach dem Sturm erwacht das Meer blau wie auf Bildern. In der Nähe der Küste sieht man vom Sturm ausgerissene Stämme und Wurzeln still vorbeischwimmen. Möwen fliegen wieder über dem Meer. An diesem Morgen, als der Wind aufhörte, wurde die Wasseroberfläche wieder metallisch, und das Floß glitt sanft geradeaus. Der laue Wind stärkte wieder Geist und Körper.

Eine große, dunke, alte Möwe flog über das Floß.

Nun gab es keinen Zweifel mehr, daß ich mich in Landnähe befand. Die Möwe, die ich vor einigen Tagen gefangen hatte, war ein junges Tier gewesen. In diesem Alter bewältigen sie riesige Entfernungen. Man begegnet ihnen meilenweit vom Festland entfernt. Aber eine alte, große und schwere Möwe, wie sie an meinem achten Tag übers Floß flog, gehört zu jenen, die sich keine hundert Seemeilen von der Küste entfernten. Ich schöpfte neue Kraft, um auszuhalten. Genau wie an den ersten Tagen suchte ich den Horizont ab. Große Scharen von Möwen näherten sich von allen Seiten.

Ich fühlte mich begleitet und froh. Ich hatte keinen Hunger. Häufiger als bisher nahm ich einen Schluck Wasser. Ich fühlte mich inmitten dieser Scharen von Möwen, die um meinen Kopf flogen, in Gesellschaft. Ich dachte an Mary Address. Was ist wohl aus ihr geworden? fragte ich mich und erinnerte mich an ihre Stimme, wenn sie mir beim Übersetzen der Filmdialoge half. Genau an diesem Tag – der einzige, an dem ich ohne irgendeinen Anlaß an Mary Address dachte, und auch nur, weil der Himmel voller Möwen war – war Mary in der katholischen Kirche in Mobile und ließ eine Seelenmesse für mich lesen. Diese Messe – wie Mary mir später nach Cartagena schrieb – wurde am achten Tag nach meinem Verschwinden gelesen. Sie galt der Ruhe meiner Seele. Jetzt glaube ich, daß sie auch der Ruhe meines Körpers galt, denn an jenem Morgen, während ich mich an Mary Address erinnerte und sie in Mobile der Messe beiwohnte, war ich auf dem Meer glücklich und sah den Möwen nach, die die Nähe des Landes ankündigten.

Fast den ganzen Tag saß ich auf dem Bordrand und spähte den Horizont ab. Der Tag war von erstaunlicher Klarheit. Ich war sicher, Land bis zu einer Entfernung von fünfzig Seemeilen erkennen zu können. Das Floß hatte eine Geschwindigkeit erreicht, die ihm zwei

Männer mit vier Riemen nicht hätten geben können. Es lief auf der glatten blauen Wasseroberfläche geradeaus, wie von einem Motor angetrieben.

Wenn man sieben Tage auf einem Floß zugebracht hat, ist man imstande, die unmerklichsten Farbveränderungen des Wassers festzustellen. Am 7. März um drei Uhr dreißig nachmittags stellte ich fest, daß das Floß in eine Zone geriet, in der das Wasser nicht blau, sondern dunkelgrün war. Es kam ein Moment, in dem ich die Grenze sah: hier die blaue Wasserfläche, die ich sieben Tage lang gesehen hatte; dort die grünliche und augenfällig trübere Oberfläche. Der Himmel war voller Möwen, die sehr niedrig vorüberflogen. Ich spürte die starken Flügelschläge über meinem Kopf. Das waren untrügliche Anzeichen; die andere Farbe des Wassers, die zahllosen Möwen waren für mich Hinweise, daß ich in dieser Nacht wach bleiben mußte, bereit, die ersten Lichter der Küste zu entdecken.

10. Kapitel
Verloren die Hoffnung ... bis in den Tod

Ich brauchte mich in meiner achten Nacht auf dem Meer nicht zum Schlafen zu zwingen. Die alte Möwe setzte sich von neun Uhr ab auf den Bordrand und verließ während der ganzen Nacht nicht das Floß. Ich lehnte am einzigen mir verbliebenen Riemen: dem vom Hai zerbissenen Stück. Die Nacht war ruhig, und das Floß bewegte sich geradewegs einem bestimmten Punkt entgegen. Wohin würde es gelangen? fragte ich mich, von den Anzeichen überzeugt – der Farbe des Wassers und der alten Möwe –, daß ich am kommenden Tag auf dem Festland sein würde. Ich hatte nicht die geringste Vorstellung von dem Ort, auf den das vom Wind getriebene Floß zusteuerte.

Ich war nicht sicher, ob das Rettungsboot seine anfängliche Richtung beibehalten hatte. Wenn es dem Ziel der Flugzeuge gefolgt war, würde es wahrscheinlich nach Kolumbien gelangen. Doch ohne Kompaß war das nur zu ahnen. War es recht voraus in Richtung Süden getrieben, so würde es zweifellos die kolumbianische Karibikküste erreichen. Aber es war auch möglich, daß es nach Norden getrieben war. In diesem Fall hatte ich nicht die geringste Vorstellung von meiner Position.

Vor Mitternacht, als der Schlaf mich übermannte, kam die alte Seemöwe und pickte mir auf dem Kopf herum. Sie verletzte mich nicht. Sie pickte mich sanft, ohne die Kopfhaut zu mißhandeln. Sie schien mich sogar zu liebkosen. Ich erinnerte mich an den Waffenmeister des Zerstörers, der mir gesagt hatte, es sei eines Matrosen unwürdig, eine Möwe zu töten, und ich bereute, daß ich die kleine Möwe nutzlos getötet hatte.

Bis zum Tagesanbruch suchte ich den Horizont ab. In dieser Nacht war es nicht kalt. Aber ich konnte kein Licht entdecken. Anzeichen der Küste waren nicht zu sehen. Das Floß glitt über die helle, ruhige See, doch in meinem Umkreis gab es kein anderes Licht als das der Sterne. Wenn ich mich vollkommen ruhig verhielt, schien die Möwe zu schlafen. Auf dem Bordrand stehend, senkte sie den Kopf und verharrte gleichfalls lange Zeit unbeweglich. Doch sobald ich mich bewegte, machte sie einen Satz und begann auf meinem Kopf zu picken.

Bei Tagesanbruch änderte ich meine Lage. Ich überließ der Möwe mein Fußende. Ich spürte, wie sie an meinen Schuhen pickte, dann fühlte ich, wie sie sich der Bordwand näherte. Ich blieb regungslos. Die Möwe blieb auch vollkommen regungslos. Dann stellte sie sich neben meinen Kopf, ebenfalls regungslos. Doch sowie ich den Kopf bewegte, begann sie mich fast zärtlich am Haar zu picken. Das wurde zu einem Spiel, mehrmals veränderte ich meine Lage. Und mehrmals veränderte die Möwe ihre Stellung neben meinem Kopf. Gleich bei Tagesanbruch streckte ich, ohne behutsam sein zu müssen, die Hand aus und packte sie am Hals.

Ich dachte nicht daran, sie zu töten. Die Erfahrung mit der anderen Möwe hatte mich gelehrt, daß es ein nutzloses Opfer sein würde. Ich hatte Hunger, dachte aber nicht daran, ihn mit diesem freundlichen Tier zu stillen, das mich die ganze Nacht begleitet hatte, ohne mir weh zu tun. Als ich sie packte, breitete die Möwe die Flügel aus, schüttelte sich heftig und versuchte, sich zu befreien. Schnell kreuzte ich ihr die Flügel über dem Hals, um ihr ihre Beweglichkeit zu rauben. Da hob sie den Kopf, und im ersten Morgenlicht sah ich ihre durchsichtigen erschreckten Augen. Auch wenn ich in irgendeinem Moment daran gedacht hätte, sie zu zerstückeln, hätte ich angesichts ihrer riesigen traurigen Augen mein Vorhaben aufgegeben.

Früh ging die Sonne auf, mit einer Kraft, die die Luft von sieben Uhr an zum Kochen brachte. Ich lag weiter im Floß angelehnt und hielt die Möwe fest. Das Meer war noch grün und bleiern wie am Vortag, doch nirgends waren Anzeichen der Küste zu sehen. Die Luft war drückend heiß. Jetzt ließ ich meine Gefangene los, die den Kopf schüttelte und himmelwärts schoß. Einen Augenblick später hatte sie sich wieder in ihren Schwarm eingegliedert.

An diesem Morgen – meinem neunten Morgen auf dem Meer – war die Sonne viel sengender als an allen vorhergegangenen Tagen. Obwohl ich aufgepaßt hatte, meine Lungen nicht der Sonne auszusetzen, war mein Rücken mit Blasen bedeckt. Ich mußte den Riemen verlassen, an dem ich lehnte, und im Wasser untertauchen, weil ich die Berührung mit dem Holz nicht mehr am Rücken aushalten konnte. Meine Schultern und meine Arme waren verbrannt. Ich konnte die Haut nicht einmal mit den Fingern berühren, weil sie sich wie rotglühende Kohle anfühlte. Meine Augen waren entzündet. Ich konnte sie auf keinen bestimmten Punkt heften, weil die Luft sich mit leuchtenden blendenden Kreisen füllte. Bis zu diesem Tag war mir der beklagenswerte Zustand, in dem ich mich befand, nicht bewußt geworden. Ich war eine einzige durch Salz und Sonne hervorgerufene Wunde. Mühelos riß ich mir lange Hautfetzen von den Armen ab. Darunter kam eine rote, glatte Fläche zum Vorschein. Eine Sekunde danach fühlte ich, wie die gehäuteten Stellen schmerzhaft pochten und das Blut mir aus den Poren drang.

Ich hatte meinen Bartwuchs nicht wahrgenommen. Ich war seit elf Tagen unrasiert. Der dichte Bart reichte mir bis an den Hals, doch konnte ich ihn nicht berühren, weil mir die durch die Sonne entzündete Haut furchtbar weh tat. Die Vorstellung von meinem abgezehrten Gesicht, meinem blasenbedeckten Körper rief mir die Leiden jener Tage der Einsamkeit und Verzweiflung ins Bewußtsein. Wieder war ich verzweifelt. Keine Anzeichen von Küste. Es war Mittag, und von neuem verlor ich die Hoffnung, Land zu erreichen. Mochte das Floß auch noch so schnell vorankommen, es konnte doch unmöglich vor Einbruch der Nacht den Strand erreichen, wenn bis zu diesem Zeitpunkt nirgends die Umrisse der Küste sichtbar geworden waren.

»Ich will sterben«

Meine Freude, die ich zwölf Stunden lang aufgebaut hatte, war in einer Minute spurlos verschwunden. Meine Kräfte brachen zusammen. Ich machte mich von allen Sorgen frei. Zum ersten Mal seit neun Tagen legte ich mich auf den Bauch, den versengten Rücken der Sonne aussetzend. Ich tat es ohne Mitleid mit meinem Körper. Ich wußte, daß ich ersticken würde, wenn ich in dieser Stellung bis zum Einbruch der Nacht liegenbliebe.

Es gibt einen Moment, in dem man keinen Schmerz mehr fühlt. Die Empfindlichkeit schwindet und der Verstand beginnt abzustumpfen, bis man Zeit- und Raumbegriff verliert. Auf dem Bauch im Floß, die Arme auf den Bordrand und das Kinn auf die Arme gestützt, fühlte ich anfangs die erbarmungslos stechende Sonne. Mehrere Stunden hindurch sah ich die Luft von feuchten Punkten angefüllt. Schließlich schloß ich erschöpft die Augen, doch schon brannte mir die Sonne nicht mehr auf den Körper. Ich spürte weder Durst noch Hunger. Ich spürte nichts, abgesehen von einer allgemeinen Gleichgültigkeit gegen Leben und Tod. Ich dachte, ich würde sterben. Und diese Vorstellung erfüllte mich mit seltsamer, dunkler Hoffnung.

Als ich die Augen öffnete, war ich wieder in Mobile. Es herrschte erstickende Hitze, ich war mit anderen Kameraden des Zerstörers und mit dem Juden Massay Nasser, dem Verkäufer des Ladens in Mobile, wo wir Seeleute unsere Wäsche kauften, zu einem Fest im Freien gegangen. Massay Nasser war es, der mir die Werbezettel geschenkt hatte. Während der acht Monate, die das Schiff in Reparatur war, hatte er die kolumbianischen Matrosen freundlich bedient, und zum Zeichen unserer Dankbarkeit kauften wir in keinem anderen Laden ein. Er sprach korrektes Spanisch, obgleich er nach eigener Aussage nie in einem Land spanischer Sprache gewesen war.

An diesem Tag, wie an fast allen Samstagen, saßen wir im Freien vor diesem Café, das nur von Juden und kolumbianischen Seeleuten besucht wurde. Auf einem Holzpodium tanzte wie an allen Samstagen dieselbe Frau. Ihr Bauch war nackt und ihr Gesicht mit einem Schleier bedeckt, wie bei den arabischen Tänzerinnen in den Filmen. Wir klatschten Beifall und tranken Dosenbier. Der Fröhlichste von allen war Massay Nasser, der jüdische Verkäufer aus dem Laden in Mobile, der uns kolumbianischen Seeleuten gute und billige Wäsche verkaufte.

Ich weiß nicht, wie lange ich so lag, betäubt von der Halluzination des Fests in Mobile. Ich weiß nur, daß ich plötzlich im Floß einen Satz machte, der Abend brach an. Dann sah ich in etwa fünf Meter Entfernung vom Floß eine riesige gelbe Schildkröte mit getigertem Kopf und starren ausdruckslosen Augen wie zwei riesige Glaskugeln, die mich schreckenerregend anstarrten. Anfangs glaubte ich wieder an eine Halluzination und setzte mich wie gebannt im Floß auf. Das scheußliche Tier, das von Kopf bis Schwanz etwa vier Meter maß, tauchte, als es sah, daß ich mich bewegte, und hinterließ eine Schaumspur. Ich wußte nicht, ob es Wirklichkeit oder Phantasie war. Noch jetzt wage ich nicht zu sagen, ob es Wirklichkeit war oder Phantasie, obwohl ich diese riesige gelbe Schildkröte einige Minuten hindurch vor dem Floß hatte schwimmen und den schreckenerregenden Alptraumkopf aus dem Wasser hatte strecken sehen. Ich weiß nur, daß – ob Wirklichkeit oder Phantasie – ein Stoß von ihr genügt hätte, damit das Floß mehrmals durchgekentert wäre.

Der furchterregende Anblick schürte meine Angst wieder, aber in diesem Augenblick stärkte mich die Angst. Ich ergriff das Riemenstück, setzte mich im Floß zurecht und bereitete mich auf den Kampf mit diesem Ungeheuer oder jedem anderen vor, das versuchen würde, das Floß zum Kentern zu bringen. Es ging auf fünf. Pünktlich wie immer tauchten die Haie aus dem Meer an die Oberfläche.

Ich sah auf die Floßseite, an der ich die Tage kennzeichnete und zählte acht Striche. Aber jetzt fiel mir ein, daß ich diesen Tag nicht verzeichnet hatte. Ich machte mit dem Schlüssel einen Strich, in der Überzeugung, daß es der letzte war und empfand Verzweiflung und Wut darüber, daß es sich als schwieriger erwies, zu sterben als weiterzuleben. An diesem Morgen hatte ich mich zwischen Leben und Tod entschieden. Ich hatte den Tod gewählt und lebte trotzdem weiter, mit dem Stück Riemen in der Hand, bereit, weiter ums Leben zu kämpfen. Weiterzukämpfen um das einzige, das mir nichts mehr bedeutete.

Die geheimnisvolle Wurzel

Bei all der metallischen Sonnenglut, bei all der Verzweiflung, bei all dem Durst, der zum ersten Mal unerträglich wurde, widerfuhr mir etwas Unglaubliches: In der Mitte des Floßes, in die Leinen des Netzes verwikkelt, hing eine rote Wurzel, jenen Wurzeln ähnlich, die man in Boyacá zu Farbstoff zermahlt und an deren Namen ich mich nicht mehr erinnere. Ich weiß nicht, seit wann sie da war. Während meiner neun Tage auf dem Meer hatte ich nicht einen Grashalm auf der Oberfläche gesehen. Und trotzdem, ohne daß ich gewußt hätte, wie, war diese Wurzel da, in den Leinen des Netzes verfangen, wie eine untrügliche Ankündigung von Land, das ich nirgends sah.

Die Wurzel war etwa dreißig Zentimeter lang. Ausgehungert, doch schon zu entkräftet, um an meinen Hunger zu denken, biß ich sorglos in die Wurzel. Für mich schmeckte sie nach Blut. Sie sonderte ein dickes süßes Öl ab, das mir die Kehle erfrischte. Ich fand, daß sie nach Gift schmeckte. Aber ich aß weiter und verschlang den krummen Stock, bis keine Faser mehr übrig war.

Als ich fertig gegessen hatte, fühlte ich mich nicht wohler. Mir fiel aber ein, da ich mich an die Biblische Geschichte erinnerte, daß dies ein Olivenzweig war: Als Noah die Taube fliegen ließ, kehrte das Tier mit einem Olivenzweig zur Arche zurück, zum Zeichen, daß das Wasser die Erde wieder freigegeben hatte. Ich dachte, der Olivenzweig der Taube war wie jener, mit dem ich soeben meinen neuntägigen Hunger besänftigt hatte.

Man kann ein Jahr auf See ausharren, aber dann kommt der Tag, an dem man sie keine Stunde länger erträgt. Am Tag zuvor hatte ich geglaubt, den Morgen an Land zu erleben. Vierundzwanzig Stunden waren vergangen, und ich sah nichts als Wasser und Himmel. Ich erhoffte mir nichts mehr. Es war meine neunte Nacht auf dem Meer. »Neun Nächte tot«, dachte ich entsetzt, und ich war sicher, daß sich zu dieser Stunde in meinem Haus im Stadtteil Olaya von Bogotá die Freunde der Familie drängten. Es war die letzte Nacht der Totenwache für mich. Morgen würden sie den Altar abbauen, nach und nach würden sie sich an meinen Tod gewöhnen.

Bis zu dieser Nacht hatte ich nie die ferne Hoffnung aufgegeben, daß sich jemand meiner erinnern und versuchen würde, mich zu retten. Doch als mir in den Sinn kam, daß dies für meine Familie die neunte Nacht seit meinem Tod sein mußte, die neunte Nacht ihrer Totenwache, fühlte ich mich auf dem Meer vollkommen vergessen. Ich dachte, mir könne nichts Besseres geschehen als zu sterben. Ich legte mich auf den Grund des Floßes. Ich wollte mit lauter Stimme sagen: »Ich stehe nicht mehr auf«, aber die Stimme blieb mir in der Kehle stecken. Ich dachte an die Schule. Ich hob die Medaille der Jungfrau von Carmen an die Lippen und schickte mich an im Geiste zu beten, so wie ich vermutete, daß es zu dieser Stunde meine Familie zu Hause tat. Nun fühlte ich mich wohl, denn ich wußte, daß ich starb.

11. Kapitel
Am zehnten Tag neue Halluzination: Land

Meine neunte Nacht war die längste von allen. Ich hatte mich in das Floß gelegt, und die Seen klatschten sanft an die Bordwand. Aber ich war nicht Herr meiner Sinne. Mit jeder Welle, die neben meinem Kopf zerstob, fühlte ich, wie die Katastrophe sich wiederholte. Es heißt, Sterbende »durcheilen ihren Lebensweg noch einmal«. Etwas Ähnliches widerfuhr mir in jener Nacht des Rekapitulierens. Wieder war ich auf dem Zerstörer, lag ausgestreckt mit Ramón Herrera zwischen den Eisschränken und Heizöfen auf dem Achterdeck und sah in einer fieberhaften Wiederholung des Mittags vom 28. Februar Luis Rengifo auf Wache. Jedesmal, wenn sich eine See an der Bordwand brach, fühlte ich, wie die Ladung über Bord ging, ich in die Wassertiefe stürzte und aufwärts schwamm, um die Oberfläche zu erreichen.

Minute für Minute wiederholten sich meine neun Tage der Einsamkeit und der Angst, des Hungers und des Dursts auf dem Meer, leuchtend wie auf einer Filmleinwand. Zuerst der Sturz. Dann meine schreienden Kameraden rings um das Floß; dann der Hunger, der Durst, die Haie und die Erinnerung an Mobile, all das zog in einer Bilderfolge an mir vorüber. Ich ergriff Vorsichtsmaßnahmen, um nicht zu stürzen. Wieder sah ich mich auf dem Achterdeck des Zerstörers, wie ich mich festzurrte, damit die Wellen mich nicht mitrissen. Ich zurrte mich mit so viel Kraft fest, daß meine Handgelenke schmerzten, die Fesseln und vor allem das rechte Knie. Doch trotz der Leinen kam der Brecher immer wieder und riß mich in die Tiefe. Als ich wieder meiner Sinne mächtig war, schwamm ich nach oben. Dem Ersticken nah.

Tage zuvor war ich auf die Idee gekommen, mich am Floß festzuzurren. In dieser Nacht mußte ich es tun, hatte aber nicht die Kraft, mich aufzurichten und nach den Leinen des Bodennetzes zu greifen. Ich konnte nicht denken. Zum ersten Mal während der neun Tage war ich mir meiner Lage nicht bewußt. Bei dem Zustand, in dem ich mich befand, ist es ein Wunder, daß mich in jener Nacht die Wellen nicht in die Tiefe gerissen haben. Ich hätte es nicht einmal gemerkt. Ich hätte die Wirklichkeit mit Halluzinationen verwechselt. Hätte eine See das Floß zum Kentern gebracht, ich hätte vielleicht gedacht, es wäre eine neue Halluzination, ich hätte das Gefühl gehabt, vielleicht wieder vom Zerstörer über Bord zu gehen – ein Gefühl, das ich oft in jener Nacht hatte –, und ich wäre in einer Sekunde in die Tiefe gestürzt, um die Haie zu ernähren, die neun Tage lang geduldig neben dem Floß gewartet hatten.

Aber auch in dieser Nacht hatte ich Glück. Ich war nicht bei Sinnen und rekapitulierte Minute für Minute meine neun Tage Einsamkeit, und heute weiß ich, daß ich so sicher fuhr, als wäre ich an Bord festgemacht gewesen.

Gegen Tagesanbruch wurde der Wind wieder eisig. Ich hatte Fieber. Mein glühender Körper zitterte, bis auf die Knochen von Schüttelfrost gepeinigt. Das rechte Knie begann zu schmerzen. Das Seesalz hatte die Wunde trocken gehalten, aber sie war offen wie am ersten Tag. Ich hatte immer darauf geachtet, sie nicht zu berühren. Doch da ich in dieser Nacht auf dem Bauch lag, berührte das Knie den Floßboden, und die Wunde klopfte schmerzhaft. Heute habe ich Grund zur Annahme, daß die Wunde mir das Leben gerettet hat. Wie durch Nebelschwaden begann ich den Schmerz zu spüren. Ich wurde mir meines Körpers bewußt. Ich fühlte den eisigen Wind in meinem fiebrigen Gesicht. Heute weiß ich, daß ich stundenlang eine Menge wirres Zeug redete, mit meinen Kameraden sprach, mit Mary Address an einem Ort mit gellender Musik Eis aß.

Nach vielen unzählbaren Stunden dachte ich, daß mir der Kopf platzte. Meine Schläfen hämmerten, und mir taten die Glieder weh. Ich spürte mein völlig wundes, von der Schwellung gelähmtes Knie. Es war, als sei das Knie größer geworden, viel größer als mein Körper.

Als der Morgen anbrach, wurde mir klar, daß ich im Floß war. Aber ich wußte nicht, wie lange ich in dieser Lage zugebracht hatte. Ich erinnerte mich mit äußerster Anstrengung daran, daß ich neun Striche auf den Bordrand geritzt hatte, wußte aber nicht mehr, wann ich den letzten eingeritzt hatte. Es schien mir, als sei seit jenem Nachmittag, an dem ich eine in den Leinen des Bodennetzes verfangene Wurzel gefunden und gegessen hatte, viel Zeit verflossen. War es ein Traum gewesen? Noch hatte ich den süßen, zähen Geschmack im Mund, doch wenn ich die zu mir genommene Nahrung aufzählte, so fiel mir die Wurzel nicht ein. Sie hatte mich nicht gestärkt. Ich hatte sie aufgegessen, aber mein Magen war leer. Ich hatte keine Kraft.

Wie viele Tage waren seither vergangen? Ich wußte, daß der Tag anbrach, aber ich hätte nicht zu sagen vermocht, wie viele Nächte ich erschöpft auf dem Grund des Floßes gelegen und auf einen Tod gewartet hatte, der sich mir mehr zu entziehen schien als das Land. Der Himmel wurde rot wie bei Sonnenuntergang. Und dies war ein neuer Anlaß zu Verwirrung: Nun wußte ich nicht, ob ein neuer Tag anbrach oder eine neue Abenddämmerung.

Land!

Verzweifelt durch den Schmerz im Knie versuchte ich, meine Lage zu verändern. Ich wollte mich umdrehen, aber das war unmöglich. Ich war so erschöpft, daß es mir unmöglich schien, auf die Füße zu kommen. Ich bewegte das verletzte Bein, machte einen Liegestütz und ließ mich auf den Rücken fallen, wobei ich den Kopf an die Bordwand lehnte. Anscheinend brach der Tag an. Ich sah auf die Uhr. Es war vier Uhr morgens. Jeden Morgen um diese Stunde suchte ich den Horizont ab. Doch die Hoffnung auf Land hatte ich aufgegeben. Nach wie vor sah ich zum Himmel und bemerkte, wie sein lebhaftes Rot in blasses Blau überging. Noch immer war die Luft eisig, ich fühlte mich fiebrig, und das Knie klopfte mit durchdringendem Schmerz. Mir war elend, weil ich nicht hatte sterben können. Ich war kraftlos und doch vollkommen lebendig. Und diese Gewißheit löste ein Gefühl von Hilflosigkeit in mir aus. Ich hatte geglaubt, daß ich diese Nacht nicht überleben würde. Und trotzdem war ich noch da, ich litt im Floß und begann einen neuen Tag, der ein weiterer Tag sein würde, ein leerer Tag mit der unerträglichen Sonne und einer Horde von Haien rings um das Floß, sobald es fünf Uhr war.

Als der Himmel blau zu werden begann, sah ich zum Horizont. Überall war das Wasser grün und ruhig. Doch vor dem Floß nahm ich im Halbdunkel des Tagesanbruchs einen langen dichten Schatten wahr. Vor dem klaren Himmel standen die Umrisse der Kokospalmen.

Ich wurde wütend. Am Vortag hatte ich mich auf einem Fest in Mobile gesehen. Bald darauf hatte ich eine riesige gelbe Schildkröte gesehen, und nachts war ich bei mir zu Hause in Bogotá gewesen und mit meinen Kameraden vom Zerstörer in der La Salle-Schule von Villavicencio. Jetzt sah ich Land. Wenn ich vier oder fünf Tage vorher diese Halluzination gehabt hätte, wäre ich vor Freude wahnsinnig geworden. Ich hätte das Floß zum Teufel geschickt und mich ins Wasser gestürzt, um schleunigst den Strand zu erreichen.

Doch in dem Zustand, in dem ich mich befand, ist man gegen Halluzinationen gewappnet. Die Kokospalmen waren zu deutlich, um echt zu sein. Außerdem sah ich sie nicht in gleichbleibender Entfernung. Manchmal glaubte ich, sie seitlich vom Floß zu sehen. Später glaubte ich, sie in zwei, drei Kilometer Entfernung zu sehen. Ich empfand deshalb keine Freude, sondern wünschte mir zu sterben, bevor ich vor Halluzinationen verrückt würde. Wieder sah ich zum Himmel. Er war jetzt hoch und wolkenlos von tiefem Blau.

Um 4 Uhr 45 war am Horizont der Glanz der Sonne zu erkennen. Vorher hatte ich vor der Nacht Angst gehabt, jetzt schien mir die Sonne des neuen Tages als Feind. Ein riesenhafter unerbittlicher Feind, der mich in die schwärenbedeckte Haut biß und mich wahnsinnig werden ließ vor Durst und Hunger. Ich verfluchte die Sonne. Ich verfluchte den Tag. Ich verfluchte mein Schicksal, das zugelassen hatte, daß ich ertragen mußte, neun Tage zu treiben, statt vor Hunger oder zerfetzt von den Haien zu sterben.

Da meine Lage mir von neuem unbequem wurde, nahm ich das abgebrochene Stück Riemen vom Floßboden, um mich daran zu lehnen. Ich habe nie auf einem harten Kopfkissen schlafen können. Trotzdem suchte ich begierig einen von den Haien zerfetzten Stock, um meinen Kopf daran zu lehnen.

Der Riemen lag auf dem Boden, noch immer an die Leinen gebunden. Ich band ihn los. Ich lehnte meinen schmerzenden Rücken dagegen, mein Kopf lag auf dem Bordrand. Dann sah ich deutlich gegen die rote aufgehende Sonne das lange grüne Profil der Küste.

Es ging auf fünf. Der Morgen war vollkommen klar. Es bestand nicht der geringste Zweifel, daß das Land wirklich war. Alle enttäuschten Freuden der vergangenen Tage – die Freude über die Flugzeuge, über die Positionslichter, über die Möwen und über die Farbe des Wassers – lebten beim Anblick des Landes einander überstürzend wieder auf.

Hätte ich zu dieser Stunde zwei Spiegeleier zu mir genommen, ein Stück Fleisch und Brot und Milchkaffee – ein komplettes Frühstück auf dem Zerstörer –, vielleicht hätte ich mich nicht so stark gefühlt wie jetzt, da ich gesehen hatte, was ich wahrhaftig für Land hielt. Mit einem Satz sprang ich auf. Deutlich vor mir sah ich den Schatten der Küste und die Umrisse der Kokospalmen. Ich sah keine Lichter. Doch zu meiner Rechten in ungefähr zehn Kilometer Entfernung glänzten die ersten Sonnenstrahlen metallisch über der Steilküste. Wahnsinnig vor Freude packte ich mein einziges Stück Riemen und versuchte, das Floß geradewegs auf die Küste zuzurudern.

Ich rechnete mit etwa zwei Kilometern zwischen Floß und Strand. Meine Hände waren kaputt, und das Pullen war eine Qual für meinen Rücken. Doch ich hatte nicht neun Tage ausgehalten – zehn Tage mit dem gerade beginnenden –, um jetzt, wo ich Land vor mir hatte, aufzugeben. Ich schwitzte. Der kalte Wind des Tagesanbruchs trocknete mir den Schweiß und verursachte unsägliche Schmerzen in den Knochen, aber ich ruderte weiter.

Aber wo ist das Land?

Das war kein Riemen für ein Floß wie dieses. Es war ein Holzstock. Es taugte nicht einmal als Sonde, um die Tiefe des Wassers zu messen. Während der ersten

Minuten gelang es mir, mit äußerster Kraftanstrengung, welche die Erregung mir abzwang, etwas voranzukommen. Doch gleich darauf war ich erschöpft, hob den Riemen eine Sekunde, betrachtete die strotzende Vegetation, die vor meinen Augen wuchs und sah, daß eine parallel zur Küste verlaufende Strömung das Floß auf die Felsenküste zutrieb.

Ich bedauerte, meine Riemen verloren zu haben. Ich wußte, daß einer von ihnen, unbeschädigt und nicht von den Haien zerfetzt wie der, den ich in der Hand hielt, gegen die Strömung angekommen wäre. Sekundenlang dachte ich, ich hätte genug Geduld, um zu warten, bis das Floß die Felsenküste erreicht hatte. In der ersten Morgensonne glitzerte sie wie ein Berg aus Metallnadeln. Glücklicherweise war ich so versessen darauf, Festland unter die Füße zu bekommen, daß ich nicht länger warten konnte. Später erfuhr ich, daß es die Klippen von Punta Caribana waren und daß mich die Strömung, hätte ich mich ihr ausgeliefert, mitgerissen und an den Felsen zerschellt hätte.

Ich versuchte, meine Kräfte zu berechnen. Ich mußte zwei Kilometer schwimmen, um die Küste zu erreichen. In guter Körperverfassung kann ich zwei Kilometer in weniger als einer Stunde schwimmen. Aber ich wußte nicht, wie lange ich schwimmen konnte nach zehn Tagen ohne Essen, mit nichts als einem Stück Fisch und einer Wurzel im Magen, mit einem von der Sonne blasenbedeckten Körper und dem verletzten Knie. Doch dies war meine letzte Chance. Ich hatte keine Zeit zu überlegen. Ich hatte keine Zeit, an die Haie zu denken. Ich ließ den Riemen fallen, schloß die Augen und warf mich ins Wasser.

Die Berührung mit dem eisigen Wasser erfrischte mich. Vom Wasser aus verlor ich die Küste aus den Augen. Sobald ich im Wasser war, merkte ich, daß ich zwei Fehler gemacht hatte: weder hatte ich das Hemd ausgezogen, noch die Schuhe festgebunden. Ich versuchte, nicht unterzugehen. Bevor ich losschwamm, mußte ich das als erstes tun. Ich zog das Hemd aus und band es mir fest um die Taille. Dann schnürte ich die Senkel der Schuhe fest. Und nun begann ich zu schwimmen. Zuerst verzweifelt. Dann ruhiger, mit dem Gefühl, daß bei jedem Armstoß meine Kräfte nachließen, und dies immer noch, ohne Land zu sehen.

Ich war keine fünf Meter geschwommen, als ich spürte, wie die Kette mit dem Medaillon der Jungfrau von Carmen riß. Ich hielt inne. Ich konnte sie noch erwischen, gerade als sie im grünen aufgewühlten Wasser versank. Da ich keine Zeit hatte, sie in die Tasche zu stecken, klemmte ich sie zwischen die Zähne und schwamm weiter.

Ich war schon entkräftet und sah immer noch kein Land. Jetzt überfiel mich wieder der Schrecken: Vielleicht war das Land wirklich eine neue Halluzination gewesen. Das frische Wasser hatte mich gestärkt, ich war wieder im Besitz meiner Sinne und schwamm verzweifelt dem Strand einer Halluzination entgegen. Und ich war lange geschwommen. Es war unmöglich zurückzuschwimmen, um das Floß zu suchen.

12. Kapitel
Eine Auferstehung auf fremdem Land

Erst nachdem ich verzweifelt fünfzehn Minuten lang geschwommen war, begann ich Land zu sehen. Noch immer war ich über einen Kilometer entfernt, doch nun bestand kein Zweifel mehr für mich, daß es Wirklichkeit und keine Fata Morgana war. Die Sonne vergoldete die Kronen der Kokospalmen. Es gab keine Lichter an der Küste. Kein Dorf, kein Haus war vom Meer aus zu sehen. Aber es war Festland.

Bereits vor Ablauf von zwanzig Minuten war ich erschöpft, aber ich war sicher anzukommen. Ich schwamm voll Zuversicht und bemühte mich, vor Erregung nicht die Selbstbeherrschung zu verlieren. Ich bin mein halbes Leben im Wasser gewesen, doch nie habe ich die Wichtigkeit, ein guter Schwimmer zu sein, so eingesehen und zu schätzen gewußt wie an diesem Morgen des 9. März. Obwohl ich meine Kräfte zunehmend schwinden fühlte, schwamm ich weiter der Küste entgegen. Je weiter ich vorankam, desto deutlicher sah ich die Umrisse der Kokospalmen.

Die Sonne war aufgegangen, als ich glaubte, Grund berühren zu können. Ich versuchte es, doch das Wasser war noch zu tief. Offensichtlich befand ich mich nicht vor einem Strand. Das Wasser blieb bis dicht ans Ufer tief, so daß ich weiterschwimmen mußte. Ich weiß nicht genau, wie lang ich schwamm. Ich weiß nur, daß mir die Sonne, je näher ich der Küste kam, um so heißer auf den Kopf brannte, doch jetzt peinigte sie nicht meine Haut, sondern regte die Muskeln an. Während der ersten Meter im eiskalten Wasser hatte ich an Krämpfe gedacht. Doch der Körper wurde rasch warm. Dann wurde das Wasser wärmer, und ich schwamm ermüdet wie zwischen Wolken, doch mit einem Mut und einem Glauben, die meinen Durst und meinen Hunger überwanden.

Als ich zum zweiten Mal Grund suchte, sah ich ganz deutlich im Licht der lauen Morgensonne die dichte Vegetation. Jetzt hatte ich festen Boden unter meinen Schuhen. Es ist eine seltsame Empfindung, nachdem man zehn Tage getrieben ist, Land zu betreten.

Dennoch ahnte ich recht schnell, daß mir das Schlimmste noch bevorstand. Ich war vollkommen entkräftet. Ich konnte mich nicht auf den Füßen halten. Die Brandung warf mich mit Gewalt ins Meer zurück. Zwischen den Zähnen hielt ich das Medaillon der Jungfrau von Carmen gepreßt. Die Kleidung, die Tennisschuhe wogen wie Blei. Doch auch unter solch entsetzlichen Umständen fühlt man Scham. Ich dachte, daß ich in wenigen Augenblicken jemandem begegnen könnte, und kämpfte weiter gegen die Brandung an, ohne meine Sachen auszuziehen, die mich am Vorwärtskommen hinderten, obwohl ich fühlte, wie ich vor Erschöpfung die Besinnung verlor.

Das Wasser reichte mir bis über den Gürtel. Mit verzweifelter Anstrengung gelang es mir, mich vorwärts zu kämpfen, bis es mir an die Schenkel reichte. Dann beschloß ich zu kriechen. Ich preßte Knie und Handflächen in den Boden und kämpfte mich vorwärts. Vergebens. Die Wellen rissen mich zurück. Der kleinkörnige, stahlharte Sand riß meine Kniewunde noch mehr auf. In diesem Augenblick wußte ich, daß ich blutete, aber ich spürte keinen Schmerz. Meine Fingerkuppen waren rohes Fleisch. Obwohl es weh tat, als der Sand mir unter die Nägel drang, krallte ich die Finger in den Boden und versuchte, mich voranzuschleppen. Plötzlich überfiel mich wieder Panik: Die Erde, die sonnenvergoldeten Kokospalmen begannen sich vor meinen Augen zu drehen. Ich glaubte, mich auf Treibsand zu befinden, von der Erde verschluckt zu werden.

Doch dieser Eindruck war sicherlich ein Trugbild, das durch meine Erschöpfung ausgelöst worden war. Die Vorstellung, daß ich auf Treibsand lag, stachelte meinen Mut maßlos an – den Mut des Entsetzens –, und voller Schmerzen und ohne Erbarmen mit meinen wunden Händen schleppte ich mich gegen die Seen weiter. Zehn Minuten später wüteten alle Leiden, der Hunger und der Durst von zehn Tagen in meinem Körper. Sterbenskrank streckte ich mich auf der harten, lauwarmen Erde aus und, ohne an etwas zu denken, ohne irgend jemandem zu danken, ohne mich zu freuen, daß ich kraft meines Willens, meiner Hoffnung und meiner unerbittlichen Lebensgier ein Stück schweigenden unbekannten Strandes erreicht hatte, lag ich da.

Menschenspuren

An Land ist die erste Erfahrung, die man macht, die Stille. Bevor man irgend etwas wahrnimmt, taucht man in große Stille. Einen Augenblick danach, fern und traurig, vernimmt man das Schlagen der Brandung an die Küste. Und bald darauf löst das Flüstern des Windes zwischen den Kokospalmen die Empfindung aus, daß man sich gerettet hat, obwohl man nicht weiß, an welchem Ort der Welt man sich befindet.

Wieder im Besitz meiner Sinne, fing ich, auf dem Strand ausgestreckt, an, die Umgebung zu erkunden. Es war eine rauhe Natur. Instinktiv suchte ich Menschenspuren. In einer Entfernung von etwa zwanzig Metern sah ich einen Drahtzaun. Einen schmalen gewundenen Weg mit Hufspuren. Neben dem Weg lagen zerstückelte Kokosnußschalen. Das unbedeutendste

Zeichen menschlicher Gegenwart bekam in diesem Augenblick für mich die Bedeutung einer Offenbarung. In maßloser Freude legte ich meine Wange in den lauwarmen Sand und begann zu warten.

Ich wartete etwa zehn Minuten. Nach und nach gewann ich meine Kräfte wieder. Sechs Uhr war vorbei, und die Sonne war richtig aufgegangen. Neben dem Weg lagen zwischen zerschlagenen Schalen mehrere ganze Kokosnüsse. Ich kroch auf sie zu, lehnte mich an einen Stamm und preßte die glatte undurchdringliche Frucht zwischen die Knie. Wie fünf Tage zuvor bei dem Fisch suchte ich nun gierig nach weichen Stellen. Bei jeder Drehung der Kokosnuß fühlte ich, wie in ihrem Innern die Flüssigkeit gegen die Schale schlug. Das gurgelnde, dumpfe Geräusch erregte meinen Durst. Mein Magen schmerzte, meine Kniewunde blutete, und das rohe Fleisch an meinen Fingern pochte langsam und schmerzvoll. Während der zehn Tage auf See hatte ich keinen Augenblick das Gefühl gehabt, verrückt zu werden. Ich hatte es zum ersten Mal an diesem Morgen, als ich die Kokosnuß drehte und eine Stelle suchte, an der ich in sie eindringen konnte, und zwischen meinen Händen der frische Saft sauber und unerreichbar rollte.

Eine Kokosnuß hat drei, oben zu einem Dreieck angeordnete Augen. Doch man muß sie mit einem Buschmesser schälen, um die Augen zu finden. Ich hatte nur meine Schlüssel. Vergeblich versuchte ich mehrmals die unebene feste Schale mit den Schlüsseln einzudrücken. Schließlich gab ich mich besiegt. Wütend warf ich die Kokosnuß fort und hörte in ihrem Innern die Flüssigkeit klatschen.

Meine letzte Hoffnung war der Weg. Dort, neben mir, deuteten die zerbrochenen Schalen darauf hin, daß jemand kommen würde, um Kokosnüsse herunterzuschlagen. Die Überreste bewiesen, daß jeden Tag jemand kam, auf die Kokospalmen stieg und die Früchte dann gleich schälte. Dies bewies außerdem, daß ich mich in der Nähe eines bewohnten Ortes befand, denn niemand legt eine beträchtliche Strecke zurück, nur um eine Ladung Kokosnüsse zu holen.

An einen Stamm gelehnt, bedachte ich diese Dinge, als ich – sehr entfernt – Hundegebell hörte. Ich horchte auf. Ich strengte alle Sinne an. Einen Augenblick später hörte ich deutlich das Klappern von etwas Metallischem, das auf dem Weg näher kam.

Es war ein schwarzes Mädchen, unglaublich schlank, jung und weiß gekleidet. Sie trug einen kleinen Aluminiumtopf, dessen schlecht sitzender Deckel bei jedem Schritt klapperte. »In welchem Land bin ich?« fragte ich mich, als ich auf dem Weg das jamaikanisch aussehende Mädchen erblickte. Es erinnerte mich an San Andrés und Providencia. Es erinnerte mich an alle Inseln der Antillen. Diese Frau konnte meine erste Chance, aber auch meine letzte sein. Ob sie spanisch versteht? fragte ich mich, bemüht, das Gesicht des Mädchens zu deuten, das, noch ohne mich gesehen zu haben, in staubigen Lederpantoffeln den Weg entlangschlurfte. Ich war so versessen darauf, die Chance nicht zu verlieren, daß ich auf den unsinnigen Einfall kam, wenn ich sie spanisch ansprach, würde sie mich nicht verstehen und mich hier am Wegrand liegenlassen.

»Hallo, hallo!« rief ich angstvoll. Das Mädchen wandte mir ihre riesigen, weißen, erschreckten Augen zu.

»Help me!« rief ich, überzeugt, daß sie mich verstehen würde.

Einen Augenblick zögerte sie, sah sich um und rannte entsetzt davon.

Ich dachte, ich würde vor Angst sterben. Einen Augenblick lang sah ich mich an diesem Ort, tot, von Aasgeiern zerrissen. Doch bald darauf hörte ich immer näher wieder den Hund. Mein Herz begann zu schlagen, während das Gebell näher kam. Ich stützte mich auf die Handflächen. Ich hob den Kopf. Ich wartete. Eine Minute. Zwei. Das Hundebellen klang immer näher. Plötzlich war nur noch Stille. Dann das Schlagen der Brandung und das Rauschen des Winds in den Kokospalmen. Danach, in der längsten Minute meines Lebens, erschien ein schmutziger Hund, gefolgt von einem mit zwei Körben beladenen Esel. Dahinter kam ein Weißer, blaß, mit meinem Hut aus Zuckerrohr und in kniehoch aufgerollten Hosen. Er hatte einen Karabiner schräg über dem Rücken hängen.

Sobald er in der Wegbiegung erschien, blickte er mich überrascht an. Blieb stehen. Der Hund kam mit gerade aufgestelltem Schwanz näher und beschnüffelte mich. Der Mann blieb unbeweglich und stumm stehen. Dann nahm er den Karabiner ab, stützte den Kolben auf den Erdboden und sah mich unverwandt an.

Ich weiß nicht, warum, aber ich dachte, ich befände mich irgendwo in der Karibik, nur nicht in Kolumbien. Ohne zu wissen, ob er mich verstehen würde, beschloß ich spanisch zu sprechen.

»Señor, helfen Sie mir!« sagte ich.

Er antwortete nicht sofort. Er musterte mich noch immer, rätselhaft, ohne mit der Wimper zu zucken, den Karabiner auf den Erdboden gestützt. Es fehlt nur noch, daß er auf mich schießt, dachte ich kühl. Der Hund leckte mir das Gesicht, aber ich hatte keine Kraft mehr, ihm auszuweichen.

»Helfen Sie mir!« wiederholte ich angstvoll, verzweifelt und dachte, der Mann verstünde mich nicht.

»Was ist los mit Ihnen?« fragte er mich freundlich.

Als ich seine Stimme hörte, merkte ich, daß mich mehr als Durst, Hunger und Verzweiflung der Wunsch quälte, ihm zu erzählen, was ich erlebt hatte. An meinen Worten fast erstickend, stieß ich atemlos hervor:

»Ich bin Luis Alejandro Velasco, einer der Seeleute, die am 28. Februar vom Zerstörer »Caldas« der Kriegsmarine über Bord gegangen sind.«

Ich dachte, alle Welt sei verpflichtet, auf dem laufenden zu sein. Ich glaubte, daß sobald ich meinen Namen genannt hätte, der Mann mir unverzüglich helfen würde. Aber er rührte sich nicht. Er blieb an derselben Stelle stehen und blickte mich an, ohne sich um den Hund zu kümmern, der mein verletztes Knie leckte.

»Sind Sie Hühnermatrose?« fragte er und dachte vielleicht an die Küstenfahrzeuge, die mit Schweinen und Federvieh handeln.

»Nein, ich bin Matrose der Kriegsmarine.«

Erst jetzt kam der Mann in Bewegung. Er hängte sich den Karabiner wieder über den Rücken, schob den Hut nach hinten und sagte:

»Ich bringe Draht zum Hafen und komme dann zu Ihnen zurück.«

Ich fühlte, daß dies die zweite Chance war, die mir entging. »Kommen Sie bestimmt wieder?« fragte ich mit flehender Stimme.

Der Mann sagte: »Ja.« Er würde mit absoluter Sicherheit zurückkommen. Er lächelte mir freundlich zu und setzte hinter dem Esel seinen Weg fort. Der Hund saß neben mir und beschnüffelte mich weiter. Erst als der Mann sich entfernte, fiel mir ein, ihn fast schreiend zu fragen:

»Wie heißt dieses Land?«

Und er gab mir völlig natürlich die einzige Antwort, die ich in diesem Augenblick nicht erwartet hatte:

»Kolumbien.«

13. Kapitel
Sechshundert Menschen geleiten mich nach San Juan

Er kam zurück, wie er es versprochen hatte. Früher als ich ihn erwartet hatte – kaum mehr als fünfzehn Minuten später –, kehrte er zurück mit dem Esel und leeren Körben und mit dem schwarzen Mädchen mit dem Aluminiumtopf, seiner Frau, wie ich später erfuhr. Der Hund war nicht von meiner Seite gewichen. Er hatte aufgehört, mir Gesicht und Wunden zu lecken. Er hatte aufgehört, mich zu beschnüffeln. Er saß neben mir, reglos, halb schlafend, bis er den Esel kommen sah. Dann machte er einen Satz und wedelte mit dem Schwanz.

»Können Sie nicht gehen?« fragte der Mann.

»Ich will es versuchen«, sagte ich. Ich versuchte aufzustehen, fiel aber vornüber. »Sie können es nicht«, sagte der Mann und fing mich auf.

Er und seine Frau hoben mich auf den Esel. Beide hielten mich unter den Armen fest und trieben den Esel an. Der Hund sprang voran.

Überall am Weg waren Kokospalmen. Auf dem Meer hatte ich den Durst ertragen. Doch hier auf dem Esel, der über einen engen, gewundenen, von Kokospalmen gesäumten Weg ging, fühlte ich, daß ich es keine Minute länger aushielt. Ich bat um Kokosmilch.

»Ich habe kein Buschmesser bei mir«, sagte der Mann. Aber das stimmte nicht. Er trug ein Buschmesser am Gürtel. Wäre ich in diesem Augenblick imstande gewesen, mich zur Wehr zu setzen, ich hätte ihm das Buschmesser gewaltsam abgenommen, mir eine Kokosnuß geschält und sie ganz verzehrt.

Später begriff ich, warum der Mann sich geweigert hatte, mir Kokosmilch zu geben. Er war zu einem

Haus gegangen, zwei Kilometer von dem Ort entfernt, an dem er mich gefunden hatte, hatte dort mit den Leuten gesprochen, und diese hatten ihn davor gewarnt, mir zu essen zu geben, bis mich nicht ein Arzt untersucht hätte. Und der nächste Arzt wohnte zwei Tagesreisen weit in San Juan de Urabá.

Eine knappe halbe Stunde später erreichten wir das Haus. Ein primitiver Holzbau mit Blechdach am Rande des Wegs. Dort waren drei Männer und zwei Frauen. Sie halfen mir alle vom Esel, führten mich ins Schlafzimmer und legten mich auf ein Feldbett. Eine der Frauen ging in die Küche, brachte einen kleinen Topf mit abgekochtem Zimtwasser und setzte sich auf den Bettrand, um mir löffelweise davon zu geben. Nach den ersten Tropfen war ich verzweifelt. Nach den nächsten fühlte ich, wie mein Mut wiederkehrte. Dann wollte ich nicht mehr trinken, sondern erzählen, was mir geschehen war.

Niemand wußte von dem Unglück. Ich versuchte, es ihnen zu erklären, ihnen alles ausführlich zu erzählen, damit sie erfuhren, wie ich mich gerettet hatte. Ich hatte angenommen, daß bis zu jedem Ort der Welt, an den ich gelangen würde, die Nachricht von der Katastrophe gedrungen war. Ich war enttäuscht zu erfahren, daß ich mich geirrt hatte, während die Frau mir Zimtwasser einflößte wie einem kranken Kind.

Mehrmals bestand ich darauf, meine Erlebnisse zu erzählen. Gleichgültig standen die vier Männer und die anderen zwei Frauen am Fußende des Betts und blickten mich an. Das Ganze glich einer Zeremonie. Wäre ich nicht froh gewesen, von den Haien, von den zahllosen Gefahren des Meeres befreit zu sein, die mich zehn Tage lang bedroht hatten, ich hätte geglaubt, diese Männer und Frauen seien nicht von unserem Planeten.

Die Liebenswürdigkeit der Frau, die mir zu trinken gab, ließ keinen Verdacht aufkommen. Jedesmal, wenn ich meine Geschichte erzählen wollte, sagte sie:

»Seien Sie jetzt ruhig. Später erzählen Sie uns.«

Ich hätte gegessen, was in meine Reichweite gelangt wäre. Aus der Küche drang der würzige Geruch des Mittagessens. Doch all mein Flehen war umsonst.

»Sobald der Arzt Sie gesehen hat, bekommen Sie zu essen«, wurde mir erwidert.

Aber der Arzt kam nicht. Alle zehn Minuten löffelten sie mir Zuckerwasser ein. Die kleinste der Frauen, ein Mädchen, tupfte mir die Wunden mit in lauwarmes Wasser getauchten Lappen. Langsam verstrich der Tag. Und langsam fühlte ich Erleichterung. Ich war sicher, daß ich mich unter freundlichen Menschen befand. Hätte man, statt mir löffelweise Zuckerwasser zu geben, meinen Hunger gestillt, mein Organismus hätte die Belastung nicht ausgehalten.

Der Mann, der mich am Weg gefunden hatte, heißt Dámaso Imitela. Um zehn Uhr morgens am 9. März, demselben Tag, an dem ich den Strand erreicht hatte, begab er sich zu dem nahen Gehöft Mulatos und kehrte mit mehreren Polizisten zu dem Haus am Weg, in dem ich mich befand, zurück. Auch sie wußten nichts von der Tragödie. In Mulatos hatte niemand die Nachricht gehört. Dorthin kommen keine Zeitungen. In einem Kramladen, in dem ein Elektromotor installiert ist, gibt es ein Radio und einen Eisschrank. Aber keiner hört Nachrichten. Später erfuhr ich, daß der Motor angelassen wurde und sie den ganzen Tag die Nachrichten von Radio Cartagena hörten, nachdem Dámaso Imitela den Polizeiinspektor davon unterrichtet hatte, wie er mich erschöpft am Strand gefunden und daß ich ihm erzählt hatte, ich gehöre zum Zerstörer »Caldas«. Doch von dem Unglück war nicht mehr die Rede. Nur in den ersten Abendnachrichten wurde der Fall kurz erwähnt. Daraufhin machten sich der Polizeiinspektor, alle Polizisten und sechzig Männer aus Mulatos auf den Weg, um mir Hilfe zu leisten. Kurz nach zwölf Uhr abends überfielen sie das Haus und weckten mich mit ihren Stimmen. Sie weckten mich aus dem einzigen ruhigen Schlaf, der mir in den letzten zwölf Tagen vergönnt gewesen war.

Vor Tagesanbruch wimmelte das Haus von Menschen. Ganz Mulatos – Männer, Frauen und Kinder – hatte sich in Bewegung gesetzt, um mich zu sehen. Das war meine erste Berührung mit einer Menge Neugieriger, die mich an den darauffolgenden Tagen überallhin begleiten sollten. Die Menschenmenge trug Laternen und Taschenlampen. Als der Polizeiinspektor von Mulatos und fast alle seine Begleiter mich aus dem Bett hoben, war mir, als rissen sie mir die sonnenversengte Haut vom Leib. Es war das reinste Handgemenge.

Es war heiß. Ich glaubte, inmitten dieser Menschenmenge von schützenden Gesichtern zu ersticken. Als ich auf den Weg hinaustrat, richteten sich ungezählte Laternen und Taschenlampen auf mein Gesicht. Ich war geblendet inmitten des Gemurmels und der mit lauter Stimme verkündeten Befehle des Polizeiinspektors. Ich konnte es kaum erwarten, irgendwo anzukommen. Von dem Tag an, als ich vom Zerstörer über Bord gegangen war, war ich mit unbekanntem Ziel gereist. Bei Tagesanbruch reiste ich immer noch, ohne zu wissen wohin, ohne mir auch nur im geringsten vorstellen zu können, was diese eifrige und herzliche Menschenmenge mit mir vorhatte.

Lang und mühsam war der Weg von dem Ort, an dem ich gefunden wurde, bis nach Mulatos. Man legte mich in eine zwischen zwei langen Stangen befestigte Hängematte. Jeweils zwei Männer an jedem Stangenende trugen mich einen langen schmalen, gewundenen, von Lampen erleuchteten Weg entlang. Wir gingen durchs Freie, und doch war es wegen der Lampen heiß wie in einem geschlossenen Raum.

Die acht Männer wechselten sich jede halbe Stunde ab. Dann gaben sie mir etwas Wasser und kleine Stückchen Zwieback. Ich hätte gern gewußt, wohin sie mich brachten, was sie mit mir vorhatten. Hier wurde über alles mögliche gesprochen. Alle redeten, nur ich nicht. Der Polizeiinspektor, der die Menge anführte, erlaubte keinem, daß er sich mir näherte und mit mir sprach. Man hörte Schreie, Befehle und Bemerkungen auf große Entfernung. Als wir in das langgestreckte Gäßchen von Mulatos einbogen, war die Polizei nicht stark genug, um der Menge Einhalt zu gebieten. Es war gegen acht Uhr morgens.

Mulatos ist ein Fischerdorf, in dem es kein Telegraphenamt gibt. Die nächste Siedlung ist San Juan de Urabá, wo zweimal wöchentlich ein kleines Flugzeug aus Montería landet. Als wir im Dorf ankamen, dachte ich, ich wäre sonstwohin geraten. Ich dachte, ich würde Nachrichten von meiner Familie vorfinden. Aber Mulatos war erst die Hälfte des Wegs.

Man brachte mich in einem Haus unter, und das ganze Dorf stand Schlange, um mich zu sehen. Ich erinnerte mich an einen Fakir, den ich vor Jahren in Bogotá für fünfzig Centavos gesehen hatte. Ich hatte mehrere Stunden in einer langen Schlange warten müssen, um den Fakir zu sehen. Man rückte jede Viertelstunde nur einen halben Meter vor. Wenn man in dem

Raum ankam, in dem der Fakir in einem Glassarg lag, hatte man keine Lust mehr, überhaupt jemanden zu sehen. Man wollte nur den Raum so schnell wie möglich verlassen, um sich die Beine zu vertreten und frische Luft zu schnappen.

Der einzige Unterschied zwischen dem Fakir und mir war, daß der Fakir in einem Glassarg lag. Der Fakir hatte neun Tage nichts gegessen. Ich war zehn Tage auf dem Meer gewesen und hatte einen Tag in einem Bett in einem Schlafzimmer in Mulatos gelegen. Ich sah Gesichter an mir vorüberziehen. Weiße und schwarze Gesichter in nicht enden wollender Kette. Die Hitze war schrecklich. Aber ich fühlte mich hinreichend wiederhergestellt, um ein wenig Sinn für Humor zu haben und zu denken, daß jemand in der Tür stehen und Eintrittskarten zur Besichtigung des Schiffbrüchigen verkaufen könnte.

In derselben Hängematte, in der ich nach Mulatos getragen worden war, wurde ich nach San Juan de Urabá getragen. Aber die mich begleitende Menschenmenge hatte sich vervielfacht. Nun gingen mindestens sechshundert Mann mit. Frauen, Kinder und Tiere nicht mitgezählt. Manche machten die Reise auf Eselsrücken. Aber die große Mehrzahl machte sie zu Fuß. Es war eine Reise von fast einem Tag. Von dieser Menschenmenge, von diesen sechshundert Menschen, die sich unterwegs ablösten, geleitet, fühlte ich allmählich meine Kräfte wiederkehren. Ich glaube, Mulatos blieb menschenleer zurück. Von den ersten Morgenstunden an war der Elektromotor in Betrieb, und der Radioapparat überschwemmte die Häuser mit seiner Musik. Es war wie ein Jahrmarkt und ich, Mittelpunkt und Anlaß des Jahrmarkts, lag nach wie vor im Bett, während das gesamte Dorf an mir vorbeizog, um mich in Augenschein zu nehmen. Es war dieselbe Menschenmenge, die mich nicht allein ziehen lassen wollte, sondern die sich mit nach San Juan de Urabá aufmachte, in einer langen Karawane, welche die ganze Breite des gewundenen Weges einnahm.

Während der Reise hatte ich Hunger und Durst. Die Zwiebackstückchen, die winzigen Schlucke Wasser hatten mich zwar wiederhergestellt, mein Durst- und Hungergefühl aber gleichzeitig gesteigert. Mein Einzug in San Juan erinnerte mich an Volksfeste. Alle Einwohner der kleinen, bunten, meerwinddurchfegten Siedlung kamen zu meiner Begrüßung aus ihren Behausungen. Schon waren Vorkehrungen getroffen worden, um den Neugierigen aus dem Weg zu gehen. Es gelang der Polizei, die Menschenmenge aufzuhalten, die sich in den Straßen drängte, um mich zu sehen.

Das war das Ende meiner Reise. Doktor Humberto Gómez, der erste Arzt, der mich gründlich untersuchte, verkündete mir die große Nachricht. Er teilte sie mir nicht vor Beendigung der Untersuchung mit, denn er wollte sicher sein, daß ich imstande war, sie zu ertragen. Er klopfte mir leicht auf die Wange, lächelte liebenswürdig und sagte:

»Das kleine Flugzeug steht bereit, um Sie nach Cartagena zu bringen. Dort erwartet Sie Ihre Familie.«

14. Kapitel
Mein Heldentum bestand darin, nicht zu sterben

Ich hätte nie geglaubt, daß ein Mann sich in einen Helden verwandeln kann, weil er zehn Tage in einem Floß zugebracht und Hunger und Durst ertragen hat. Ich konnte gar nichts anderes tun. Wäre das Floß mit wasserdicht verpackten Keksen, einem Kompaß und Angelgeräten ausgestattet gewesen, ich wäre sicher genauso lebendig, wie ich es heute bin. Doch es gäbe einen Unterschied: Ich wäre nicht als Held behandelt worden. Das Heldentum besteht in meinem Fall ausschließlich darin, daß ich im Verlauf von zehn Tagen nicht an Hunger und Durst gestorben bin.

Ich hatte keinerlei Anstrengungen unternommen, ein Held zu sein. Alle meine Anstrengungen galten meiner Rettung. Da die Rettung aber von einer Aureole umgeben und mit dem Titel eines Helden wie ein Glückslos belohnt wurde, bleibt mir nichts anderes übrig, als die Rettung zu ertragen, wie sie nun einmal gekommen ist, mit Heldentum und allem übrigen.

Man fragt mich, wie sich ein Held fühlt. Ich weiß nie, was ich antworten soll. Ich fühle mich genauso wie vorher. Ich habe mich weder innerlich noch äußerlich verändert. Die Verbrennungen von der Sonne tun nicht mehr weh. Die Wunde am Knie ist vernarbt. Ich bin wieder Luis Alejandro Velasco. Und das genügt mir.

Wer sich verändert hat, das sind die Leute. Meine Freunde sind jetzt bessere Freunde als vorher. Und ich bilde mir auch ein, daß meine Feinde schlimmere Feinde geworden sind, auch wenn ich nicht glaube, welche zu haben. Wenn mich jemand auf der Straße erkennt, schaut er mich an wie ein seltenes Tier. Daher trage ich

Zivil, bis die Leute vergessen haben, daß ich zehn Tage ohne Essen und Trinken auf einem Floß getrieben bin.

Die erste Beobachtung, die man macht, wenn man anfängt, eine bedeutende Persönlichkeit zu sein, ist, daß es den Leuten Tag und Nacht und unter allen Bedingungen gefällt, wenn man von sich selbst spricht. Das ist mir im Marinehospital von Cartagena aufgefallen, wo man mir einen Wärter vor die Tür stellte, damit niemand mit mir sprach. Nach drei Tagen fühlte ich mich vollkommen wiederhergestellt, durfte das Hospital aber noch nicht verlassen. Ich wußte, wenn man mich gesundschreiben würde, müßte ich aller Welt meine Geschichte erzählen, weil den Berichten der Wärter zufolge Journalisten aus dem ganzen Land in die Stadt gekommen waren, um Reportagen mit mir zu machen und mich zu photographieren. Einer von ihnen, mit einem eindrucksvollen Schnurrbart von zwanzig Zentimeter Spannbreite, machte mehr als fünfzig Aufnahmen von mir, doch wurde ihm nicht gestattet, mir auch nur eine, mein Abenteuer betreffende Frage zu stellen.

Ein anderer, kühnerer, verkleidete sich als Arzt, führte den Krankenwärter hinters Licht und drang in mein Zimmer ein. Er errang einen nachhallenden, wohlverdienten Sieg mit üblem Nachspiel.

Geschichte einer Reportage

Mein Zimmer durften nur mein Vater, die Wärter, die Ärzte und Krankenpfleger des Marinehospitals betreten. Eines Tages trat ein Arzt ein, den ich vorher nie gesehen hatte. Blutjung, in weißem Kittel, Brille, Stethoskop um den Hals. Stürmisch trat er ein, wortlos.

Der Unteroffizier der Wache blickte ihn verblüfft an. Er bat ihn, sich auszuweisen. Der junge Arzt durchsuchte alle seine Taschen, wurde ein wenig verwirrt und sagte, er habe seine Papiere vergessen. Daraufhin machte ihn der Wachunteroffizier darauf aufmerksam, daß er sich ohne Sondergenehmigung der Hospitalleitung nicht mit mir unterhalten dürfe. Beide gingen deswegen zur Hospitalleitung. Zehn Minuten später kehrten sie in mein Krankenzimmer zurück.

Der Wachunteroffizier trat zuerst ein und teilte mir mit: Der Mann habe die Erlaubnis, mich fünfzehn Minuten lang zu untersuchen. Er sei ein Psychiater aus Bogotá, käme ihm aber wie ein verkleideter Reporter vor.

»Warum kommt er Ihnen so vor?« fragte ich.

»Weil er sehr ängstlich ist. Überdies brauchen Psychiater kein Stethoskop.«

Und doch hatte er sich zehn Minuten lang mit dem Leiter des Hospitals unterhalten. Sie hatten über Medizin gesprochen, über Psychiatrie. Sie hatten eine höchst komplizierte Fachsprache gebraucht und waren rasch übereingekommen. Daher erhielt er die Erlaubnis, fünfzehn Minuten lang mit mir zu sprechen.

Ich weiß nicht, ob der Hinweis des Wachunteroffiziers daran schuld war, aber als der junge Arzt von neuem mein Zimmer betrat, sah er für mich nicht mehr wie ein Arzt aus. Er sah mir aber auch nicht nach einem Reporter aus, auch wenn ich bis zu diesem Augenblick nie einen Reporter gesehen hatte. Er sah mir nach einem als Arzt verkleideten Pfarrer aus. Ich glaube, er wußte nicht, wie er anfangen sollte. Doch in Wirklichkeit dachte er sicherlich daran, wie er den Wachunteroffizier loswerden könnte.

»Haben Sie die Freundlichkeit, mir ein Stück Papier zu besorgen«, sagte er zu ihm.

Er dachte wohl, der Wachunteroffizier würde das Stück Papier im Büro holen. Aber der hatte den Befehl, mich nicht allein zu lassen. Daher ging er das

Papier nicht holen, sondern trat auf den Gang hinaus und rief:

»Hallo, bringt mir Schreibpapier, schnell.«

Einen Augenblick danach kam das Schreibpapier. Über fünf Minuten waren verflossen, und der Arzt hatte mir noch keine einzige Frage gestellt; erst als das Papier kam, begann die Untersuchung. Er reichte mir das Blatt Papier und bat mich, ein Schiff zu zeichnen. Ich zeichnete das Schiff. Dann bat er mich, die Zeichnung zu signieren. Ich tat es. Dann bat er mich, ein Landhaus zu zeichnen. Ich zeichnete ein Haus, so gut ich es vermochte, mit einer Bananenstaude daneben. Er bat mich, es zu signieren. Jetzt war ich davon überzeugt, daß er ein verkleideter Reporter war. Doch er bestand darauf, Arzt zu sein.

Als ich die Zeichnung fertig hatte, prüfte er die Blätter, sagte ein paar wirre Worte und begann, Fragen über mein Abenteuer zu stellen. Der Wachunteroffizier unterbrach, um daran zu erinnern, daß diese Art Frage nicht gestattet sei. Darauf untersuchte er meinen Körper, wie es Ärzte tun. Er hatte eiskalte Hände. Hätte der Wachunteroffizier sie berührt, dann hätte er ihn aus dem Krankenzimmer geworfen. Aber ich sagte nichts mehr, denn seine Nervosität und die Möglichkeit, daß er Reporter sein könne, lösten tiefe Sympathie in mir aus. Bevor die fünfzehn Minuten Sprecherlaubnis um waren, verließ er mit den Zeichnungen fluchtartig den Raum.

Am nächsten Tag, welch ein Aufruhr! Die Zeichnungen erschienen auf der ersten Seite von ›El Tiempo‹ mit Pfeilen und Bildlegenden. »Da stand ich«, sagte eine Bildlegende mit einem Pfeil, der auf die Brücke des Zerstörers deutete. Das war falsch, denn ich stand nicht auf der Brücke, sondern auf dem Achterdeck. Aber es waren meine Zeichnungen.

Man sagte mir, ich solle eine Richtigstellung fordern. Ich könne es verlangen. Mir schien das absurd. Ich empfand große Bewunderung für einen Reporter, der sich als Arzt verkleidet, um in ein Militärhospital zu gelangen. Hätte er Mittel und Wege gefunden, mich wissen zu lassen, daß er Reporter war, ich hätte gewußt, wie der Wachunteroffizier zu entfernen war, denn in der Tat hatte ich an diesem Tag bereits die Erlaubnis, meine Geschichte zu erzählen.

Das Geschäft mit dem Bericht

Das Abenteuer des als Arzt verkleideten Reporters vermittelte mir eine sehr klare Vorstellung von dem Interesse, das die Zeitungsleute an der Geschichte über meine zehn Tage auf dem Meer hatten. Es war für alle von Interesse. Meine eigenen Kameraden baten immer wieder, ich solle die Geschichte erzählen. Als ich fast vollkommen wiederhergestellt nach Bogotá kam, stellte ich fest, daß mein Leben sich verändert hatte. Ich wurde mit allen Ehren auf dem Flugplatz empfangen. Der Präsident der Republik steckte mir einen Orden an die Brust. Er beglückwünschte mich zu meiner Tat. Am gleichen Tag erfuhr ich, daß ich in der Marine bleiben würde, doch fortan mit dem Grad eines See-Kadetten.

Überdies gab es etwas, womit ich nicht gerechnet hatte: Die Angebote der Werbeagenturen. Ich war sehr dankbar für meine Uhr gewesen, die während meiner Odyssee genau gegangen war. Doch ich hatte nicht geahnt, daß das Uhrenfabrikanten etwas nützen könne. Man gab mir jedoch fünfhundert Pesos und eine neue Uhr. Dafür, daß ich eine bestimmte Marke Kaugummi gekaut und dies in einem Werbespot sagte, bekam ich tausend Pesos. Das Glück wollte es, daß die Hersteller meiner Schuhe mir dafür, daß ich in einem weiteren Werbetext darüber sprach, zweitausend Pesos zahlten. Dafür, daß ich meine Erlaubnis gab, meine Geschichte im Rundfunk zu senden, erhielt ich fünftausend. Ich hatte nie gedacht, daß es ein gutes Geschäft sein würde, zehn Tage hungrig und durstig auf See zu verbringen. Doch so ist es: Bisher habe ich fast zehntausend Pesos erhalten. Trotzdem würde ich das Abenteuer nicht für eine Million wiederholen.

Mein Heldenleben hat nichts Besonderes an sich. Ich stehe um zehn Uhr morgens auf. Ich gehe in ein Café und unterhalte mich mit meinen Freunden oder in eine der Werbeagenturen, die, mein Abenteuer als Grundlage nutzend, Werbetexte ausarbeiten. Fast jeden Tag gehe ich ins Kino. Und immer in Begleitung. Aber der Name der Begleiterin ist das einzige, was ich nicht preisgeben kann, denn das soll in der Beweisaufnahme ausgespart bleiben.

Jeden Tag erhalte ich von überall her Briefe. Briefe von unbekannten Menschen. Aus Pereira, unterschrieben mit den Anfangsbuchstaben J. V. C. erhielt ich ein langes Gedicht über Flöße und Möwen. Mary Address, die für die Ruhe meiner Seele eine Messe hatte lesen lassen, als ich in der Karibik trieb, schreibt mir häufig. Sie schickte mir ein Bild mit Widmung, das meine Leser bereits kennen.

Ich habe meine Geschichte im Fernsehen und im Radio erzählt. Außerdem habe ich sie meinen Freunden erzählt. Ich habe sie einer greisen Witwe erzählt, die ein dickes Photoalbum besitzt und mich zu sich nach Hause eingeladen hat. Einige Leute sagen, meine Geschichte sei eine phantastische Erfindung. Und ich frage sie: »Was sonst habe ich denn während meiner zehn Tage auf dem Meer getan?«

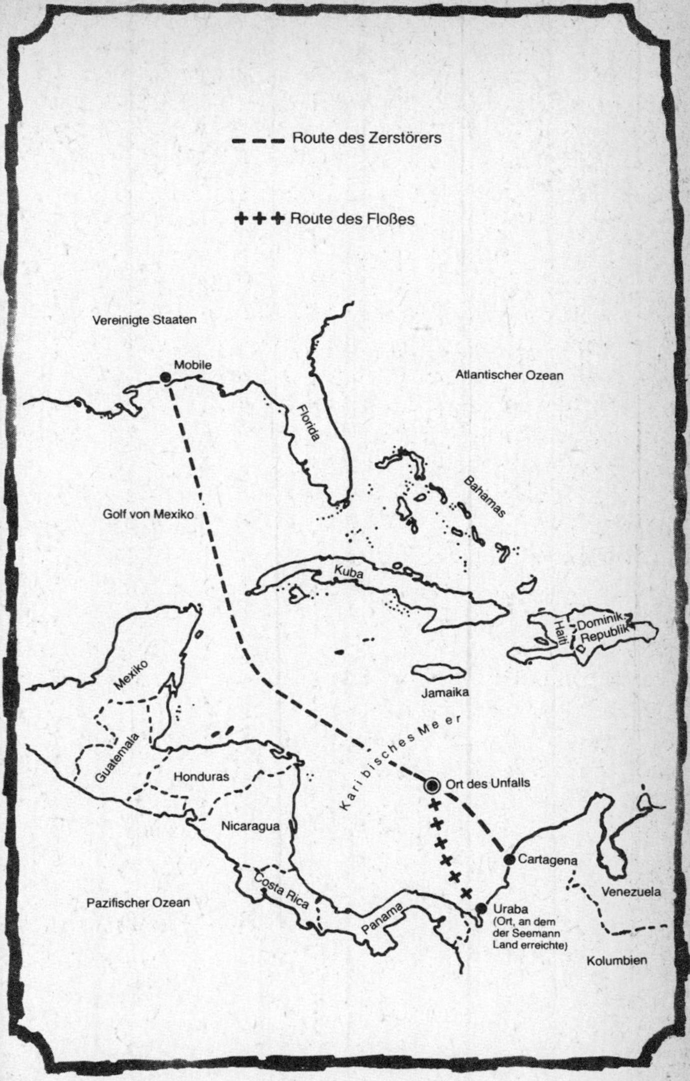

Route des Zerstörers
Route des Floßes
Vereinigte Staaten
Mobile
Atlantischer Ozean
Florida
Bahamas
Golf von Mexiko
Kuba
Haiti
Dominik. Republik
Mexiko
Jamaika
Karibisches Meer
Guatemala
Honduras
Ort des Unfalls
Nicaragua
Cartagena
Venezuela
Costa Rica
Pazifischer Ozean
Panama
Uraba
(Ort, an dem der Seemann Land erreichte)
Kolumbien

Anthologien im dtv

Fahrt mit der S-Bahn
Erzähler der DDR
dtv 778

Frauen in der DDR
Zwanzig Erzählungen
dtv 1174

Frauen in Lateinamerika
Erzählungen und
Berichte
dtv 10084

Als Fremder in
Deutschland
Berichte, Erzählungen,
Gedichte von
Ausländern
dtv 1770

Die Stunde Eins
Erzählungen, Reportagen, Essays aus der
Nachkriegszeit
dtv 1780

Auf Live und Tod
Satiren für Rundfunkfreunde und Fernseher
dtv 10149